就这么简单

刘政屏 著

时代出版传媒股份有限公司
安徽教育出版社

图书在版编目（CIP）数据

就这么简单/刘政屏著.—合肥:安徽教育出版社,2013.12
ISBN 978-7-5336-7776-3

Ⅰ.①就… Ⅱ.①刘… Ⅲ.①散文集－中国－当代
②随笔－作品集－中国－当代 Ⅳ.①I267

中国版本图书馆CIP数据核字（2013）第316037号

就这么简单
JIU ZHEME JIANDAN

出　版　人:郑　可
质量总监:张丹飞
策划编辑:杨多文
责任编辑:徐宝妹　周　佳
装帧设计:何宇清
责任印制:王　琳

出版发行:时代出版传媒股份有限公司　安徽教育出版社
地　　　址:合肥市经开区繁华大道西路398号　邮编:230601
网　　　址:http://www.ahep.com.cn
营销电话:(0551)63683012,63683013
排　　　版:安徽创艺彩色制版有限责任公司
印　　　刷:合肥创新印务有限公司

开　　　本:880×1230　1/32
印　　　张:8.75
字　　　数:160千字
版　　　次:2014年10月第1版　2015年11月第2次印刷
定　　　价:20.00元

（如发现印装质量问题,影响阅读,请与本社营销部联系调换）

真的,就这么简单

许 辉

每拿到一本散文随笔集,我喜欢先看集子的分辑,这很有意思,因为从这些分辑里,大约可以看得出作者的喜好状态。编辑得好的散文随笔集,会一目了然、清清楚楚,而编辑得尚不成熟的集子,则会稍显杂乱、思路不明。

拿到政屏先生的这本散文随笔集《就这么简单》,我也是依"规"行事的。政屏这本散文随笔集在我个人的标准里,是编得好的,因为,这本集子"就这么简单",分类清晰,思路明确,一目了然,可以看得出作者对纸本书甚至市场的透彻了解和熟稔把握,这既是技术层面的,又是感受层面的,更是才智层面的。才智和思想并非只存在于纯粹的才智和思想中,所有的物质和技术都暗含着深邃的奥义,这正是人类思想具有丰富多样性的源泉。

《就这么简单》分为5辑。第1辑作者推崇的生命状态是"从狭小的自我走出来,抛开那让人常常沮丧、失落的有关生命长度和目标的思绪,努力加大我们有限生命的宽度和厚度,把自己放在一个更为广阔的地方,让它充满活力、发光放彩",如此才"真正对得起我们的生命,这个仅仅属于我们一次的生命"。这一辑多为独白和言说,是思考,是反省,也是自问。这都是独特的。第2辑是"无风无雨又一年",这一辑"有一种感觉越来越强烈","时间走得真快";"有一种信念越来越明确","做自己真正愿意做喜欢做的事情"。这是岁月的回望,是一年中部分常态的生活,虽然平淡,却显现出日常生活的魅力和况味。第3辑,"不和自己过不去",是价值观的塑造、反省、思考和定义,是生活的定位,生活的艺术。第4辑"该搞哄个搞哄个",多与合肥有关,是地域文化的专题,方言、习俗、气质、哲理、民风等等,都在其中。第5辑"应该是一种境界",是读报的随笔,评堵车、贪腐、高考和拆迁,亦论无良、城市发展、抗争和命运。

政屏这本散文随笔集中的篇什多有随笔式的议论,这是《就这么简单》的文本特征。随笔式的议论是相对于散文的抒情和叙事而言的。在我看来,随笔虽然是散文的一种,但因其言说的特点,而被称为随笔。政屏这本集子中的文章大多找不到单纯的景物描写、传统的哲理象征、文学化的人物勾画,而随处呈现随笔式议论的元素。这正是政屏的文本独特所在。

这本散文随笔集中的篇什又多关乎人生观和价值观,这是《就这么简单》的文化特征。作者探讨了生命的价值和意义,从理性和价值观的不同视角观照相同或相近的事物,自会得出不同的结论,达致不同的境地。人生的价值没有完全等同的标准,人生的价值也总是因时而异、因地而异和因人而异的。庄子说大鹏要飞到九万里的高空才向南方飞去,志向十分的远大,而小蝉和斑鸠飞到树梢的高度也就满足了。是的,做大事当然振奋人心,但草窝里温暖的世俗生活也是让人流连忘返的呀。如何理解别人和善待自己,这正是政屏观察和思考的焦点。

这本散文随笔集中的篇什也多体现出政屏作为一名公共知识分子的道德认同,这是《就这么简单》的社会伦理特征。在我的印象中,政屏是个大忙人,事实也的确如此。但他观察人生,介入社会,臧否优劣的力度未曾减弱。以自己的知识、位置、文化、文字、言行影响现实和社会,是作家责任感的一部分。政屏的文字尤其突出了这种趋向,从他的篇章中,我们可感受到浓烈的正面的能量。

热烈祝贺政屏《就这么简单》的面世出版!政屏有才华,有热情,有智慧,有文采,又有非同一般的内心体验和丰富的阅历,他的收获期正在到来,他的文学之树上,正枝繁叶茂,果实显现。我们热切地期待着!

合肥五闲阁
2013 年 11 月 30 日

(作者为中国作家协会全委会委员,中国作家协会全国散文委员会委员,安徽省作家协会主席)

目 录

当岁月将我们改变 / 1

 岁月流逝　人生继续　/ 2

 关乎生命的话题　/ 5

 春天里的心情　/ 9

 纯粹的人　/ 12

 走到一起的理由　/ 15

 匆匆忙忙中的滋味　/ 19

 就这么简单　/ 22

 一切都是相互的　/ 25

 一定会有代价的　/ 28

 微微地笑了一下　/ 32

 散散地说着岁月与人生
 ——中秋思绪　/ 36

当岁月将我们改变　／40

秋来　／43

死亡是一种回归　／45

经常是这样　／47

微博2013　／49

无风无雨又一年　／57

漂流在平静的水面上　／58

无风无雨又一年　／63

欢喜过年　／66

过年的心情　／69

休眠了一天　／73

在春天里酣睡　／76

休闲的方式　／79

来一个东扯西拉　／82

一天的流水账　／86

随便聊聊　／89

去了一趟苏州　／92

生命中的树　／96

想起了向日葵　／99

挥一挥手，作别2012　／102

用脚步去丈量距离　／105

不和自己过不去 /109
    想通了,也就明白了 /110
    不和自己过不去 /114
    有关生命的成本计算 /118
    假币带来的懊糟 /122
    一双盯着你的眼睛 /125
    没有狗屎可抢 /128
    有人跳楼 /131
    斑斓城游记 /136
    为公交车而战 /141
    我服了你们了,我下车可照! /145
    买鞋买出来的故事 /148
    油渣烤鸭 /153
    一座商厦就这样没了 /158
    祈祷管用吗? /160
    越来越北方 /162
    如果说 /166

该搞哄个搞哄个 /169
    合肥的声音 /170
    该搞哄个搞哄个 /173

寓事理于谐趣之间

——合肥小讲里的幽默风趣　／177

那一份真切的郁闷

——合肥小讲里的一筹莫展　／181

爽快生动张嘴就来

——合肥小讲里的地域性格　／185

总是爱拿动物说事

——合肥小讲里的生动形象　／189

到处都有这样的人

——合肥小讲里的做人道理　／194

有些话话糙理不糙

——合肥小讲里的通俗表达　／199

做人其实并不简单

——合肥小讲里的人生哲理　／204

最是小讲滋味多　／208

四古巷的家　／212

40多年前的那一天　／215

捉襟见肘过新年

——上世纪60年代的年俗往事　／218

普通人的传奇　／222

父亲母亲　／227

那些忘不了的　／231

应该是一种境界 /235

- 雷人故事一箩筐 /236
- 一个幽灵游荡着 /238
- 堵在上班的路上 /240
- 应该是一种境界 /242
- 暴力拆迁的背后 /244
- 天坑意味着什么？ /246
- 荒诞搞笑一村官 /248
- 这也是一个梦想 /250
- 无良也是一种病 /252
- 当漫画不再犀利 /254
- 善待我们的城市 /256
- 满眼都是不作为 /259
- "邻里相望"不见了 /261
- 荒诞的腐败理由 /263
- 好好做一回自己 /265
- 用脚弹出的琴声 /267

后记 /269

当岁月将我们改变

从狭小的自我走出来,抛开那让人常常沮丧、失落的有关生命长度和目标的思绪,努力加大我们有限生命的宽度和厚度,把自己放在一个更为广阔的地方,让它充满活力、发光放彩。如此,似乎才是一种有意义的生活状态;如此,应该才能真正对得起我们的生命,这个仅仅一次的生命。

岁月流逝　人生继续

到了一定的岁数，在意的，不再是热热闹闹的表面，注重的，是内在的、实实在在的东西。当许多诱惑渐渐地褪去光环的时候，"情义"便愈发显得难得和珍贵。

看过365回日出日落，一年过去了。

太阳升起落下365回，就是一年。一年你说它长，的确很长，因为每一天都要经历早中晚，工作、应酬、娱乐、吃喝拉撒睡，很多的内容和过程；说它短，真是很短，某个瞬间，你会突然觉得，仿佛是一眨眼的工夫，一个星期、一个月、一个季节，就这么过去了。当然，这是两种不同的感觉，在不同的心境下交替出现。

岁月无情，时光匆匆，确实是不争的事实。一年过去了，过去就没有了，有的人在长大，有的人在成熟，有的人在人生的巅峰，有的人在渐渐地衰老，但不管是哪种状态，有一点是一样的，属于他们的时光在一天天地减少。

岁末年初，这样想有些悲观，但或许会让自己更为清醒。

经过365天的交往记挂,情义留下。

一年中,与一些老朋友继续交往和联络,也认识结交了一些新朋友,自然是收获了不少的友情。人到了一定的岁数,在意的,不再是热热闹闹的表面,注重的,是内在的、实实在在的东西。当许多诱惑渐渐地褪去光环的时候,"情义"便愈发显得难得和珍贵。

有时候我在想:人,真是种奇怪的生物,有时候,有形的、看得见的东西,往往敌不过那些无形的、有些虚的东西。所谓"情义",谁能看得见?却被视作宝贝,向往之,追求之,珍藏之。在温饱不再成为一个问题的时候,人们愈发思念起那份被淡忘和忽视的真情,特别是在人们一窝蜂地追逐物欲许久之后。

有情义留下,这一年就不算太空太失落。

岁月太匆匆,人生多无奈。

还是会叹息的,毕竟一年过去了。谁都想满脸自信地说,因为自己没有虚度,所以不在乎岁月的流逝。可是岁月的确是太过于无情了,无论你怎样去做,它都是一样地过去,让人生留下了无尽的缺憾和无奈。

一年中我经历了不少生命的逝去,内心因此遭受了一次次地撞击和折磨,生命的意义,人生的价值,都被重新地审视和思考。对生命的敬畏,对人生的无奈,对过往的懊悔,对未来的忐忑，交织着，让人不可避免地陷入思考和挣扎，不服不行，太服了，更不行。

结果是更空更淡更释然了，清晰，坦然，面对并且承受。

唯愿：苍天不老，友情常在；一丝温暖，永留心中。

还是要生活，还是要寻找一些色彩来填补愈来愈淡的人生，"苍天不老，友情常在"应该是毋庸置疑的存在，单凭这，心中就会有一阵温暖的感觉。

新年伊始，写下这几句话，不是客套层面上的问候短信，是自己内心的一种思考与渴望。看开了，并不意味着放手一切，珍视的，会抓得更紧。

岁月流逝，人生继续，温暖着自己，温暖着别人，在又一轮的365天开始的时候，把心定下来，把步子迈开来，在有些无常有些无奈的岁月里，继续演绎着这仅有一次的人生。

2010年01月

关乎生命的话题

从狭小的自我走出来，抛开那让人常常沮丧、失落的有关生命长度和目标的思绪，努力加大我们有限生命的宽度和厚度，把自己放在一个更为广阔的地方，充满活力、发光放彩。

近段时间，自己有些迷茫，关于人生，关于生命，这些原本以为已经想得很清楚的问题，忽然又有些糊涂了。

人为什么活着？人生究竟有什么意义？我们应该如何对待我们的生命？这些问题纠缠着我，让我感到迷茫和苦恼。

想了很久，觉得还是应该从基础同时也是根本开始追问，因为如果没有了生命，那么其他的一切也就不复存在，无从谈起。

我们的生命来自父母，并且仅仅拥有一次，从这个角度来说，我们没有理由不珍惜和努力。于是我们读书，我们工作，我们恋爱，建立自己的小家庭，生育孩子，可以说，一直在努力。但忽然有一天，你发现，当这一切都做过了，自己已经不再年轻,周围的人(亲人或朋友)也在一个一个地衰老或逝去,于是你便开始思考,你的未来,不也是如此吗!衰老,然后逝去。于是苦恼出现了。

事实上,我们都清楚,一个生命从诞生那一刻起最终会走向死亡,这是谁也改变不了的。在不断的恐惧、抗拒之后,我们能做也应该做的,是接受这个事实,坦然面对。当然,我们这样做,并不是选择了消极乃至放弃。在想通了和想好了之后,选择应该是理性的、主动和积极的。

怎么活?为谁活?

当我们还是一个孩子的时候,我们没有意识到这个问题,活得无忧无虑,因此许多人认为那时的我们是最幸福的。

当我们意识到生命的本质和特性的时候,我们也长大了,觉得自己应该好好地活。

等到我们逐步成熟之后,我们意识到,我们不但要为自己活着,我们还要为父母活着,因为父母养育了我们,而且他们在一天天地衰老,要尽可能地不让他们为我们操心、担心。

结婚有了孩子之后,你会感觉孩子似乎成了你的全部,你要为孩子活着,尽力为他们提供一个良好的生活、学习环境和氛围。

等到孩子大了,要"单飞"了,你忽然觉得,其实,一直在你身边的那个人是多么的重要,你们的生命已经逐渐融为一体,为了她(他),你要好好地活着。

这是一般人一生很自然的变化,如果没有,可能是你的人生有了一些跳跃或问题。

当然,人生肯定不仅仅只有这么一种模式,我们还可以为很多人活着,我们可以以某种方式,实实在在地帮助别人,给他们送去安慰和力量。而有的时候,搀扶一把、指一个方向、说一句真诚的话,都有可能改变一个人、一个家庭、甚至一群人的生活乃至命运。在成为一名志愿者之后,我发现,这一切是可能的。

曾经我们得到过别人的帮助,心存感激;曾经我们遭受过挫折、苦难,有着深切的体会;我们敏感怜悯的心,久历现实撞击,我们从一时冲动过渡到理性选择,选择成为志愿者。

起初,我们也许是奔着帮助别人去的,但经过一段时间和一些事情,我们会发现,我们不仅在付出,同时我们也有着很多的收获:感动、充实、启迪、引领。为了很多人活着,活出的是另一番境界。

年初的时候,我参加了一个由省红十字会举办的"生命论坛",听到的想到的,对此都作了支持和印证。不论是献血者,捐献造血干细胞者,还是呼吁捐献遗体、器官的志愿者和宣传

动员者,他们激情飞扬的状态,始终如一的信念,无不让人感动甚至动容。平平凡凡的人,和我们站在一起并没有多少区别的平平凡凡的人,却做着一些我们大多数人想不到、做不到的事情,他们持之以恒、踏踏实实,的确是让人刮目相看,肃然起敬。激动之余,你会感觉:人,原来还可以这样活。

　　从狭小的自我走出来,抛开那让人常常沮丧、失落的有关生命长度和目标的思绪,努力加大我们有限生命的宽度和厚度,把自己放在一个更为广阔的地方,充满活力、发光放彩。如此,才是一种有意义的生活状态;如此,应该才能真正对得起我们的生命,这个仅仅一次的生命。

　　自此,低落而狂躁的心再一次得以舒展和平静。

2010 年 02 月

春天里的心情

没有哪一个肩头是空的,没有哪一个心是平静的,没有哪一个人的欲望是可以得到彻底满足的,走入极端和偏执的往往不是那些获取甚微、最不如意的人。

昨天晚上我回家很迟,大街上空无一人,间或驶过的出租车,也大多是空着的。车行至稻香楼附近,我忽然闻到一股清新的香味,急忙把头转向窗外,路边暗暗的,看不出什么,只觉得一阵阵香气持续地涌进车内。

心情一下子放松了下来,工作的紧张与劳累,晚间购物时的不愉快,以及玩乐太久后的一些自责与不安,都没有了,内心变得宁静。

日子一天天地过下来,有时候想想,感觉心里很空。但更多的时候,我不这么去想,因为我总感觉没有必要把心情弄得那么灰暗,日子里有不少不顺心、不顺眼、不如意的事情,但也不缺少明亮与温暖,没有必要将眼光和心绪停留在那些损害自己心情、让自己感觉特别灰心和沮丧的人和事情上。那样的代

价有些高,对于自己,特别是对于身边的亲朋好友的伤害太大。

昨天中午,一帮文友吃饭的时候听到的一些事,实在是让人有些不是滋味,当时我就说了一句:"有时候真是不能去多想,让人泄气。"是的,当你感觉无论自己如何努力,都不及别人凭出身和一个小动作的时候,你不可能没有想法和情绪。但如果你就此消沉和懒怠下去,又有什么用呢。要知道,自己的人生,是不可以轻易放弃的。

还是一个心情的问题,生活中应该保持一种积极的心态,做事的时候不要去多想,闲下来的时候,要想得通达一些。心里保持一种明了的状态,实在忍不住的时候,也没必要太憋着,写下来,好在我们还有一支笔。

其实,某种意义上,每个人都生活在一种不满足、不开心的状态,因为我们总是会拿自己的短处与失去和别人的优秀与获得相比。没准你觉得他们是依靠家庭背景青云直上,或者一路顺畅春风得意,或者功成名就,这些让你感觉不平衡或不自信。可没准儿某一天,你会听说他们的心里也是有着说不出的苦和闷,那时,你会觉得,没有哪一个肩头是空的,没有哪一个心是平静的,没有哪一个人的欲望是可以得到彻底满足的。走入极端和偏执的并不一定是那些收获甚微、最不如意的人。

我时常觉得父母太过不争不要,将许多本该得到的东西放弃了。但渐渐地,随着年岁增长,经历世情冷暖,自己也有了些理解和体味。那么多的坎坷经历,活到一定年岁,一切都可以看开看淡。这是一种境界和高度,你不明白不理解只能说明你和他们之间的不同与距离。

人生有很多样活法,所谓人生的意义也是有着许多种诠释和版本,自己活在怎样的心态,自己完全主导和决定。

回到现实和生活中:出生在哪个城市不由我选择,但它却是祖上多少辈赖以生存并且有所成就的地方;这份工作不是最理想的,但却给了我不少好的感想、让我过着一个相对安逸的生活;这个春天不是我最为满意的,但我能感觉到了万物的蓬勃和自然的魔力;这个夜晚也没有我想象中的那份奇遇和情调,但却有宁静的街面,柔美的灯光和沁入心扉的花香……

一切都没有那么糟糕。平平常常的日子里有着出乎意料的惊喜,珍视所拥有的,安静下来,欣赏和享受生命中温馨和灿烂的一面吧。

2010 年 05 月

纯粹的人

在我看来,"纯粹的人"是相对单纯的人,处在人群中的边缘,有些不食人间烟火的味道。他们会守着自己的家庭、职业,很有规律地过着每一天;他们为人低调、谦和,却又有着自己待人处世的一套原则,不会轻易退让、改变。

忽然想起"纯粹的人"这个词,或许有人会质疑现实生活中还有"纯粹的人"吗?我认为一切都是相对的,相比生活中的大多数人,还是有一些相对"纯粹"的人存在。

在我看来,"纯粹的人"是相对单纯的人,他们会守着自己的家庭、职业,很有规律地过着每一天;他们为人低调、谦和,却又有着自己待人处世的一套原则,不会轻易退让、改变。这样的人,在社会的各个阶层、各个角落都有。无论他们处在怎样的社会位置,都以一种极其相似的面貌和状态生存着。在我的同事中,朋友中,甚至是在某些充满"权"和"利"的行业中,都有这类人的身影。有时候我会觉得有些不可思议,在别人可以"呼风唤雨"、获取交易筹码和利益的行业和岗位,他们怎么就可以做到那么单纯和超脱?

不用说,"纯粹的人"一定是比较固执、难以改变的。如果不是如此,他们就不会是这样的人,这看似和他们的生活态度有些相悖,实际上这正是他们的两面,低调而不盲从,谦和而不附和。家庭遗传与教养、个人性格与修养造就了他们的特立独行,人性在他们身上展现出了另一面。

当然,"纯粹的人"往往都不是很走运。在当今的社会中,你不争、不夺、不计较,那么很难指望别人会想到你、重视你、把利益送给你。他们如果有着社会背景或一己专长作支持,还不会有多大的危险,否则,只可能是被排挤和剥夺。还有一种可能,因为他们低调和谦和,他们会被视作一种基础、稳定的因素而被保留,甚至得到一定的重用。因为那些复杂的人肯定不希望生活在一个处处复杂的环境中,况且,事情还得有人去做,忽略这些人的存在可以让他们腾出手来对付那些真正的冤家和对手。

低调、谦和和不争、不夺、不计较让"纯粹的人"显得宽厚、大气,让人不由得敬佩、难忘。尽管我们不愿做或者根本做不了"纯粹的人",但我们愿意和"纯粹的人"共事、交往、做朋友。因为他们能够将复杂的事情简单化,在他们的面前,你不必要那么揣摩猜测、费尽心机,你尽可以按照最正常的规则和他们

打交道,有话直说,有事按程序办理。许多潜规则的、交易性质的东西,通通可以省略掉。

　　从某种意义来说,遇着"纯粹的人",是一种幸运,但你如果从纯个人的角度与他们交往,你得到的一定不会全是满足和希望,因为他们会以同样的态度对待别人。如果你要以世俗的手段对待他们,以达到一己之目的,那么开始你极有可能成功,因为在这方面他们比较"弱"。但你往往又会失算,因为随着欲望的膨胀,你会不自觉地做得太过火,让他们识破、感到厌烦。一旦让"纯粹的人"感到厌烦,可不是一件太妙的事情,你很有可能会被拒之千里,永不来往。

　　其实,许多人都向往做一个"纯粹的人",也愿意在条件许可的时候"纯粹"一把,但生活已将他们变得没办法再纯粹了,权衡、思量之间,一切已经不再那么简单了。因而,对于他们来说,做一个"纯粹的人",是一个不可企及的梦。

　　不要用不屑、怜悯的目光看待那些"纯粹的人",设想下,如果你是他们,那么将会是怎样的一番光景,没准你处在他们的位置,还达不到那样的状态。你可以不理解,也可以嘲笑,但想成为他们那样,你永远做不到。

2010 年 05 月

走到一起的理由

的确，看准一个人，和他成为比较纯正的朋友，是要有眼光的。太多的表象，太多华丽的言语和光圈，都应该被一层层地剥去，让自己的直觉敏锐起来，然后相信自己的直觉，这是最为重要和关键的。

"走到一起的理由"是一句容易让人浮想联翩的话，最容易让人想到男人和女人，而我想说的是完整的概念，包括同性之间，异性之间，所谓单纯的和不单纯的。

时下有句特别流行也特别俗的话，叫做"能够见面是一种缘分"。本来是一句很有禅意的话，有着一定的意味和道理，但是都这么说，口头禅似的，就有些媚俗了，听起来有些不舒服。

但是人与人之间确实要讲缘分的，天天见面的，不一定会有什么感觉，偶然相遇的却会成为很好的朋友——相互欣赏、话语投机的朋友。很久之前，我曾经热切地期待过这样的朋友，在屡屡失望之后，又深深地怀疑是不是有这样的机缘，这样的朋友，心态由此变得有些玩世不恭，怀疑、抵触。

多年后,在经历过很多事、遇见过很多人之后,我发现自己原先的想法过于幼稚、简单。世界多变而复杂,万物之间每一种关系都不是单一纯粹的,没有绝对意义上的朋友,也没有绝对意义的对手,有时候真是在于你自己怎么看怎么做。

其实,各种各样的人走到一起来,有些是没有任何理由的,有些确实太有理由了。小时候的同学,长大以后的同事,似乎都是有理由走到一起的,其实个中也有着某些机缘巧合的,只是在一起时间久了,太了解了,太多接触与利益关系,觉不出什么特别的东西,甚至会生出许多纠葛与怨恨,如一些相处多年的夫妻,无味并麻木。

现实中,人们走到一起,很好地相处,是要看心境的。知道为什么能够相遇、走近,你就会对你们之间关系的现状和走向,有一个大概的了解,心中有数就不会有过分的期待和大的心理失落。在世俗、关乎利益的关系中,最高的境界应该是彼此都心知肚明,都能够做得跟真的似的,热热闹闹一场后,很释然地相忘于江湖。坦然,无怨无悔。

还有一种情况是有些不对等的,是在不得不的状态下的一种宽容与忍耐。看清别人心中的所思所想,你就会将心胸放开,在某种意义上预知性地理解和宽容,在一个相对高的境界中做出世俗眼中的"忍耐"的姿态。在这里,用"没必要"和"不屑于"作为解释比"低头"、"忍受"更为理性和准确。

还是一个心态问题,人们走到一起,成为不同程度的熟人和朋友,都少不了一个宽容的胸襟和心态。首先要知道自己不可能是完美的,那么就没有必要对别人苛求,交朋友其实就是交他的长处与优点,否则你会很快失去甚至怨恨这个人。套用一句时下流行的话,叫做:"抓大放小",交朋友和做事情,其实是一个道理。

在有了一些经历和教训,特别是前几年的比较正式的商场历练后,我感觉自己看人的眼力有些长进。的确,看准一个人,并成为比较纯正的朋友,是要有眼光的。太多的表象,太多华丽的言语和光圈,都应该被一层层地剥去,让自己的直觉敏锐起来,相信自己的直觉,这是最为重要和关键的。

想来自己是个比较幸运的人,这些年来,一直有机会接触和交往一些优秀并且真诚的人,有了这么一批朋友,人生便少了灰暗,生活也增添了许多光亮与色彩。当自己置身于一种理解与关爱的氛围中时,生活中的一些不开心不如意都没有了,感动与珍惜充溢心中,尽管用"幸福"一词来形容有些俗气,但我感觉还是挺准确到位的。是的,有朋友的日子是美好和幸福的。

人生一世,会接触遇见许许多多的人,同时也会成为别人

生活中的过客和故事,彼此能走到一起的理由,可能有很多种,其中有几点是最重要的,那就是:真诚、善良、理性和敏锐。在某种意义上,我们的人生是孤独和寂寞的,因此我们有走到一起的愿望,但走到一起之后应该怎样做?学问就大了,不然怎么会有人生哲学这么一说呢?看似平平常常的日子,其中的学问真是大了去了。

2010 年 05 月

匆匆忙忙中的滋味

一个人私底下是能够十分的自我和放松的,一旦上了舞台,便不由自主地矜持与僵硬起来,距离自如地展示与出彩差得太远。

仿佛是不经意间,日子过得匆匆忙忙起来。很多的事情全部都集中在一块,等待着充满你的分分秒秒。许多休闲养心的事丢在了一边。即便有一些应酬娱乐,反而人更加辛劳。忙完就是睡去,倒头便睡的那种,总是不够,总是意犹未尽。

不是在诉苦叙冤,这的确是我前一段日子的真实写照,不是觉得辛苦,也不是觉得委屈,只是来得有些急,有些不适应。从心底里,我还是喜欢甚至向往这样的状态,但当一切并不是遂人所愿地结伴而来,又不是在恰当的时刻出现,于是便要适应和忍耐,在大的欣慰中消化小的烦恼。

在外人的眼中,在朋友的心中,这是一个不错的走向;对于我的人生,也是一抹新鲜的色彩。但在匆匆忙忙地度过了一天又一天之后,我明白了:有得有失地选择,有时并不是事先可以

做得到的,要过好一种生活,必须有所倾斜和舍弃。当真转身和放弃,是有些难度的,情感和心理上都要有所改变。

以前,比如一个凉爽的早晨,我第一个想到的是是否步行上班;如今,比如一个落雨的天气里,我更关心的是它对于我的另外一种影响。如今,当我做出一个选择的时候,我会意识到自己的身后还站着一大群人;当我想做一件事的时候,我会想到有许多双眼睛在看着自己。

说得有些虚、有些大,甚至有些不着边际,但有些东西真的是讲不到那么清楚的。一个人私底下是能够十分的自我和放松的,一旦上了舞台,便不由自主地矜持与僵硬起来,距离自如地展示与出彩差得太远。

记得小的时候,在得到一些渴望得到的点心和果品的时候,心情是矛盾的,既想快快地吃,又想慢慢地咽,快快地是一种本能,慢慢地是一种理性。如今,这种类似的矛盾心情常常出现。

一直以来,我时常在想在关注的,不是一些失去,而是一些得到,当然,都是一些精神层面的东西。我在想,或许会有更多更好的收成呢,我总是这么告诉自己。

还好,还能适应,身心都还是能应对得过去的。在日复一日的忙乱中,能渐渐地看出些脉络、品出些滋味来。事实上,每一种生活状态肯定都会有属于自己的一些东西,在没有感受与品味出它的独特美好之前,心中盘踞的,一定是对过往的不舍与失落。不过,匆匆忙忙中的滋味,在心安静下来之后,一定会感受更多更真切一些。

2010 年 09 月

就这么简单

多数时候，无论是作文还是做事，就这么简单，倒是我们自己，把事情搞复杂了，甚至越来越偏，彻底没了方向，找不着北了。

原来想好的题目是：怎样才能打动人，写出来一看，觉得真是有点多余：怎样才能打动人？真实才能打动人。这难道还有什么疑问吗？是的，道理大家都懂，但当真做起来，却又是另外一回事了。

比如某个冬日的中午，我与妻子外出应酬，儿子独自在家，午餐白水煮面对付一顿。回来的时候，我心中忽然起了个念头，便催着妻子提前一站下了车，然后到一家豆浆店买了一份小笼包和一份煎饺，打包之后，匆匆往家赶，妻子见状说：你走得快，你先走吧。我应了一声后，一路小跑地回到家，进门就招呼着儿子趁热吃了，弄得儿子很有些感动。

事情就这么简单，相信也能够打动一些人，当然，如果我把过程丰富一下，就应该更有些效果了。比如，变成我和妻子为了节约,没舍得打车(尽管事实是打不上车),一路走了很长时间,然后用省下来的钱买了些好吃的,捂在怀里带回家,感动得儿子热泪盈眶,给我和他妈妈一个大拥抱。是不是够感人?像煽情影片的桥段,但却有些"作"的感觉,经不住推敲,用合肥话来说,就是:"假得忮腥气"——一眼就看得出来。

但是,现如今的确有不少人在做这样的事情,自说自道,把自己感动得一塌糊涂,但在别人,却是一脸的嗤之以鼻、不以为然,甚至是弃之一旁。当然,如果是看电视剧的话,那要简单一些:换频道。

年岁大了一些,在经历过了一些事情之后,我感觉自己对那些太完美的故事、太感人的情节,有一种本能的抵触,觉得不太真实,世上哪有那么多的感天动地,哪有唯美得天衣无缝的东西啊?倒不如那些看似平淡,却有着很多意味的作品来得真实、自然。

如今有一个很俗的词叫做"真水无香",词虽然俗了些,但道理还是对头的,写文章是这样,拍片子是这样,做人更是这样。

一个人身上如果有太多的花哨、太多的噱头、太多的闲言碎语,那么他一定是有问题的,不要把责任全部推给别人和环境,反思自身,一定会找出一些根由来的。

做人不要总想着怎样才能打动人,你踏踏实实地去做了,没准就会有人在关注着你,为你所感动。总是左顾右盼,希望有人注意到你,或者在乎有多少人在关注着你,那么你就不可能弯下腰去,用心做着自己的一份活计。

多数时候,无论是做文还是做事,就这么简单,倒是我们自己,把事情搞复杂了,甚至越来越偏,彻底没了方向,找不着北了。

还是说儿子,那天,吃好喝好之后,立马和我"干了一架",原因是我让他把头洗洗,他偏拧着,梗着脖子跟我吵。看看吧,这就是生活,编是编不出来的。

2011 年 01 月

一切都是相互的

通俗一点说，就是帮助别人，让别人帮你，是每个人都会遇到的，今天你帮了别人，没准明天别人又帮了你。明白了其中的道理，彼此都会自然得多。

"一切都是相互的，我们感恩，是因为我们感受到温暖；我们付出，是因为温暖需要传递。体会与给予之中，人生在感悟中升华，生命在升华中多彩。"

这是去年感恩节的时候，我回复一个兄弟的短信。那一天，收到好几条感谢的短信，我不禁思考，生活中，人们为什么会互相帮助？我们帮助别人，并不仅仅使别人得到关注和一些具体的东西，它同时也会让我们自己感到心安，感到一种了却一桩心愿后的放松与快慰。从这种意义上来说，的确一切都是相互的。

人生在世，是避免不了接受别人的帮助的。有时，我们甚至非常渴望别人能够帮自己一把。但是，并不是所有的人在所有的时刻都能够得到别人的帮助（事实上，那也是不可能的），

即便在你发出求救信号时,也是如此。

人与人之间的距离与防范,个人的经历与现状,影响着他们对一个人一件事的态度。我们常常是碍于某种偏见与世俗而不愿意伸出我们的手,我们常常因为不解、不屑、不敢而缩回我们的手,我们经常是因为联想得太多而采取视而不见,可是我们往往又会感觉到心里的不安,时常会陷入一种或长或短的矛盾的状态。

有时,感觉做人的确是难,很多事情不是你的意愿可以左右的,它们并不因你不愿意面对就不再出现在你的眼前,而是让你不忍,让你矛盾,让你纠结!

其实说到底还是自己的错,究其根源,是有一颗慈悲心,它让你不忍,让你总是有帮人一把的冲动。

说到这,问题似乎变了,不是有没有意愿去帮助那些需要帮助的人,而是我们常常在要不要帮别人的当口犹豫不决。我们看到了,感受到了,但我们却不能够做到,因为有许多无形的东西在阻挡着自己,束缚着我们的手脚。

但即便如此,我们依然能够感受到来自周围人的帮助。一句话,一些举动,甚至是一个理解默契的眼神,都让我们感到温暖。同样,我们也还是会做一些我们愿意做的事情,帮别人一把,把温暖传递给他们,让他们能够因此而振作,坚强、自信一些。

的确，我们原本就是生活在接受与付出之间，我们的心里一直充盈着由此而产生的温暖。要知道，别人对于我们，我们对于别人，所做的一切，某种意义上是一样的，只是在传递，传递我们人类赖以生存的温暖。明白了这些，我们便会比较坦然地接受，比较自信地付出，因为，我们在做的，是一件很正常很自然的事情。

帮助别人，给别人一个帮助你的机会，可能是一件事的两个主体，也可能是两件事中的一个主体。通俗一点说，就是帮助别人，让别人帮你，是每个人都会遇到的，今天你帮了别人，没准明天别人又帮了你。"体会与给予之中，人生在感悟中升华，生命在升华中多彩。"

我曾经说过，我非但不反感，甚至喜欢一些西方的节日，感恩节应该也是其中的一个。因为我们需要一个这样的节日，我们需要一年中有这么一天来回顾、回味，在心里、在言语行动上放飞我们的感激之情。"人生，相互搀扶才淡定从容；情谊，相互滋润才沁人心脾；旅途，相伴而行才风景更美；节日，相互惦记才分外温馨。"

是的，坦然地接受别人的帮助，自然地去帮助别人，人生若如此，该是多么温暖、温馨。

2011 年 01 月

一定会有代价的

人生一世,有的东西是值得我们付出追求的,有的东西是不值得我们挂念思慕的。得到一样东西的时候,我们要想一想是不是真的值得;失去一样东西的时候,我们要想一想是不是真的可惜。

上午,我又去医院看牙齿,已经有过两次了,这一次是收尾了,打桩(在牙齿的中间),然后留下满口的牙模,最后,就是等待着装牙的电话,装上一对美观实用的烤瓷牙。

只顾得心情轻松,我忘记了还有一些不轻松的过程在等待着我,其中较为恐怖痛苦的,是把两颗原本已经被磨得很小很薄的牙齿再修补打磨一番。为了日后的好看,医生还要把牙龈下面的牙齿磨去一些,这就意味着牙龈会受到损害,刺耳的声音,牙龈的疼痛,一口口的血水,把我的心情一下子弄得很坏。

何苦!我对自己说。但其实我是明白的,必须!因为我需要一口相对有用的牙齿,不然,怎么吃饭,怎么品味美食,当然,也有美观方面的考虑,毕竟是一眼能够看得到的牙齿,毕竟我还得时常咧开嘴笑。一时的痛苦,只不过是代价的一部分。

想来,世上所有的事情或许都是要有代价的吧,只不过有时候我们没有意识到、没有留意到,或者不愿面对、不愿承认罢了。

有时候,我们为了一个精神或者物质上的目标而不舍昼夜、孜孜以求的时候,我们没有叹息、没有抱怨,我们没有意识到我们其实付出了许多、失去了许多。因为是自己向往的、愿意的,眼睛盯着的是目标,是一个又一个的小的实现和越来越近的距离,所以就不在意那些付出和失去。

我们只有在做着自己不愿意做的事情,或者是在没有做成自己想做的事情的时候,我们才会叹息、抱怨,才会很仔细地计算着自己的付出与失去,并且耿耿于怀、愤愤不平,我们才会意识到那些看起来有些不平衡的代价。

当别人做成一件事、获取一些利益的时候,如果我们明白都是付出代价的,我们的心就会变得平静、理性。有时候,我们会觉得别人似乎没有付出什么,就得到了不少,我们应该相信,其中肯定是有付出的,只是不是一时所为,或者不被外人所知。"甘苦寸心知"和"冰冻三尺,非一日之寒"说的就是这个道理。还有一句话叫做:"机会是为有准备的人准备的",这个"准备",就是"付出",就是"代价"。

当我们踌躇满志、跃跃欲试的时候,或者是沉醉其中、乐不思蜀的时候,当我们妒火中烧、心绪难平的时候,或者是终于成功、神采飞扬的时候,都少不了"代价"的影子。

因此我们在想要做一件事情的时候,不能仅仅把目光停留在事情的难易程度上,而是要清醒地明白,我们都是要为此付出代价的。而这个"代价"也许是智力,也许是体力,也许是时光,也许是财物,当然,它也许还是亲情、友情,也许是爱情、家庭,也许是操守、名声,甚至也许是——健康与生命。不愿意付出、不能够付出的,或者心理上、良心上承受不了的,还是趁早打消了念头为是。

不要以为别人能做得到的,你一定能够做到;不要以为别人都不看重的,你肯定不能做。有时候本分执著的似乎的确要多一些付出、多吃一些亏,有时候投机取巧的却明显能轻而易举地得到、轻轻松松地享受,而每当这些时候,"代价"的标杆似乎并不是那么明显、精确。其实,这只不过是有的"先付账",有的"后买单",该付出的,早晚都要付出,该兑现的,迟早都要兑现。

人生一世,有的东西是值得我们付出追求的,有的东西是不值得我们挂念思慕的。得到一样东西的时候,我们要想一想是不是真的值得;失去一样东西的时候,我们要想一想是不是真的可惜;时间久了,我们就知道自己该怎么做人做事,怎么在付出之后得到自己想要的东西。比如今天,在一番有些痛苦的经历之后,我将会得到两颗好看有用的牙齿,另外,还有这篇产生于隐痛中的文字,感觉还是挺值得的。

2011 年 05 月

微微地笑了一下

我们不能总是生活在一种机械、麻木的状态,我们需要改变,日子是自己的,过好它才对得起自己和关心爱护你的人,谁都没有理由轻易地将自己和自己的生活给否定了。

中午,从四牌楼地下通道经过,心情犹如当时的天气一般,有些灰蒙蒙的。因为是周日,通道里的人挺多,踏上电梯时,发现前前后后站得都是人,不禁将目光转向右侧的下行楼梯。楼梯上照例也是有着很多的人,但吸引我的却是一位老妇人。极胖的身躯、艰难的步履、手中的那根拐杖似乎帮不上她多少忙,引人注目的是:她是上行,艰难地一步步往上走着。

心中不禁"咯噔"一下,不用说,她是因为惧怕自动扶梯才选择一步一步往上爬楼梯的,如果有个人能够搀扶一把,那么她完全可以免了爬这么多层阶梯的艰辛。

这么想着,我已经到了地面,当我忍不住回望一下下行楼梯时,发现电梯上原本在我后面站着的一个小伙子正折转头沿着楼梯向下面跑去。令我印象深刻的是:他的眉头是微蹙着的。我的心又"咯噔"一下:"他是去搀扶那位老太太的吗?这么时尚的青年,他会去搀扶那位老太太的吗?"

答案很快就出来了,是我期望的那种:微笑,一边轻轻地搀扶着老人,一边和老人搭讪着。老太太显然是既有些意外又有些激动,脸上堆着笑容,同时礼貌地拒绝了小伙子,并且加快了动作,表明她完全可以自己爬上去。

小伙子有些腼腆和尴尬地让开了,并以极快的速度冲出了地下通道口,融入熙熙攘攘的人流中,老太太也终于凭着自己的力量,来到了地面,脸上的笑容,还没有完全褪去。

我就这么看着,微微地笑了一下,因为感受到一种温暖和感动。一个很小的事情,几个很容易被忽视的细节,被我发现了,并且产生一种感动,一下子让这个很平常的日子生动靓丽了许多。

上个月,一位著名的儿童文学作家来合肥几所学校做讲座并签售作品。那几天倒春寒,天气一下子变得特别寒冷。那位作家由于劳累和寒冷,感冒了,看上去很不舒服,本来就有些严肃的脸庞显得格外的沉静,看上去有些冷冰冰的。

由于其作品有着极高的声誉,讲座后,同学们都是很踊跃地等待着作家的签名,长长的队伍见首不见尾。一位助手负责接过书翻开,一位助手负责将签好的书拿开来,合上,然后交给孩子,而作家则有些机械地签着似乎永远也签不完的名,用她自己的话来说,就是"连抬一下头看一看孩子可爱的小脸的时间都没有"。很快,3个人就陷入了一种机械的"签名流水线"的状态中,脸上都是僵化的,没有任何表情。作家因为身体的原因,更是有些拒人于千里之外的感觉。孩子们似乎也感觉到了这种怪怪气氛,他们大多颇为"配合"地默默上前,递上书,然后,接过书,默默地离开。

我在一旁感觉有些不对劲,"名家校园行"做成这样,有违初衷啊。于是,我走到队伍前,轻声对每一位孩子说:"等到作家阿姨为我们签完名的时候,我们说一声'谢谢',好吗?我们要让作家阿姨感觉到我们合肥的小朋友最讲礼貌,好不好?"小朋友们都很乖地点着头说:"好的。"

于是,温馨的一幕出现了:每一位小朋友在双手接过作家签过名的图书时,都很认真地对作家说着"谢谢!"作家则不时地抬起头来,微笑地点头回礼,有时甚至会停下笔,和孩子们聊上一两句。在她的脸上,已经完全看不到倦怠和麻木,两旁的助手的脸上,也柔和了许多,微笑着。

天气还是那样的清冷,但空旷的阶梯教室里却已经没有了那难堪的沉寂,"谢谢!",微笑,已渐渐将空气改变,温暖、温馨,不仅仅是在那样一个场景里,它应该已经悄悄地进入到作家、孩子及每一位在场的人们的心里,深刻、难忘。我不禁微微地笑了起来,为了这瞬间的变化。

的确,我们的生活,大多是平平常常、清清淡淡的,有时甚至会是灰蒙蒙、冷飕飕的,如果一直沉陷其中,的确是很糟糕的。如果这个时候,有一些能够让我们感觉温暖、温馨的情节和细节恰好被发现,那么没准一切都会变了个样,心情也因此明亮、明快起来。

这不是自我安慰,更不是自我麻痹,因为我们不能总是生活在一种机械、麻木的状态,我们需要改变,我们需要这样的时刻和瞬间,即便是没有什么特别令人惬意和开心的事情,我们的生活也应该是要有阳光和花香的。日子是自己的,过好它才对得起自己和关心你、爱护你的人,谁都没有理由轻易地将自己和自己的生活给否定了。

比如此刻,我又微微地笑一下,为了自己这么一点点似乎有些自圆其说的道理。

2010 年 05 月

散散地说着岁月与人生
——中秋思绪

有时想想，人生的确是很空的，空到你觉得怎么做都是徒劳的和没有意思的，但有的时候又会觉得，人生的确很神奇，太过消极与迟钝的确是一种奢侈和浪费。

哈，时间过得真快，真是转眼之间，一年又走到了中秋，而自己又老了一岁。

这像是套话，但又确实是自己真实的感受。有些时候，一些词汇和话语虽然很"俗"，但却是最为准确与真切，方便，明白。当然，也可以用一些更为文学的文字来表述，但此时此刻却不行。因为，在这个特定的日子特定的时刻，似乎只适合说一些大白话，一直萦绕在心中的大白话。

昨天中午，在父母家吃饭的时候，老父亲很随意地和我聊着天。说到岁数的时候，他说："真的，我真的是没有感觉自己已经是80多岁的人了，总感觉自己好像只有60多岁似的。"我很认真地点了点头。因为我知道父亲说的是真话，他就是这么感觉的,而这种感觉让他始终保持着一种从容自信的状态。同时,我自己也有同感,因为我也和我的儿子说过同样的话。同学、朋友聚会的时候,大家时常也会在这个问题上产生共鸣。

这可能就是所谓的生理年龄与心理年龄的差异吧。在我看来,拥有一个比较年轻的心态应该不算是一种丢人的事。或许这是一种不到位与不成熟,但是谁又能够说自己的状态就是一种成熟,而这种所谓的"成熟"就一定好?

关于"成熟"的探讨就到这里,因为它不是我今天想探讨的。在今天这个比较特殊的日子里,还是说些最想说的话,轻松随意地说。

其实这几天一直很忙乱,工作上的事牵扯了我不少的心思,中秋临近又让日子多了更多的内容。忽然某一天,母亲来电话说,明天是什么日子你记得吗?我想了想,什么日子?生日?不是明天呀。母亲说:"我说的是农历。"于是我明白了,这一天又来临了。

年年都过生日,但每一年过生日的感觉却是不一样的,分界线一般的生日,让人不免生出许多感慨与惆怅。转念一想,其实又是一样的,一样地走过春夏秋冬,一样地朝着不可知的未来,怎样地拥有都是暂时的,怎样地度过都是无奈的,不管你是什么人,你所拥有的方向与其他任何人都是一致的。虽然某

种意义上来说,这是残酷的,但从另外一种意义上来说,却又是一种公平。

这几天的饭局挺多,不同的主题,见不同的人,很热闹也很累,接下来的几天依然还会有一些聚会,应该还会是"很热闹也很累",但却是必须的。想来我们的人生也是如此的,不同的主题,和不同的人,做着不同的事情,想做的不想做的,一样都得去做,勉勉强强也罢,匆匆忙忙也罢,都得去做。还有就是感觉,太单一的感觉或许也有,但应该都是一瞬间的,更多的还是各种滋味混杂在一起,只不过是有些多点,有些少点,或者干脆就是彻底混在了一起,成为一种新的滋味。

有时想想,人生的确是很空的,空到你觉得怎么做都是徒劳的和没有意思的,但有的时候又会觉得,人生的确很神奇,太过消极与迟钝的确是一种奢侈和浪费。因此基本上我还是能够保持着一种比较积极的态度,有滋有味地过着每一天。当每一个事物每一件事件出现的时候,我看到的往往是它明亮温暖的一面,因此总能让自己感受到有动力与安慰。

其实我也知道,一个人一生不能够也不应该总是处于一种满足的状态,不满意、不快乐或许是另外一种更有力的动力,但退缩与苟且却时常紧拉着我们的后腿,让我们松懈。时间久了,就是一种习惯成自然,很可怕。

上午和一位"虎兄弟"闲聊,说到我们活到这个年岁,应该考虑为自己活一活,意思无非是做一些自己想做的事情。其实质有些时不我待的意味,不过,套句时下的官话来说,大方向是对的,属于超越现状与自我的范畴,与一般意义上的"退隐"有着本质的区别。

散散地说了这么多,都是一些比较泛泛的感受,一些真滋味,还真是说不好也不好说,还是就此打住。

2010年09月

当岁月将我们改变

　　当岁月将我们改变的时候，如果我们能够确信自己是处于一种比较理想的状态的话，那么就不必有什么落寞、遗憾。"我们做了，我们还会继续这样去做。"有时候，这就是一种境界。

　　曾经，在单位所在的路口，发现了一个身材"小巧"的交警，我这样说，没有一丝贬低的意思，那个小伙子的确是生得过于白净，加上有些腼腆的表情，看上去活脱脱一个稚气未脱的大男孩。我免不了有些怀疑，这样的大男孩是否可以胜任交警这份职业，车水马龙、风吹日晒，是否会将他呵退吓走？

　　我之所以有这样的疑虑，是基于对交警这份职业的比较直观的认识与理解。我是一名"走一族"，上班下班喜欢步行，感觉这样即利于健身也利于随时放松身心、整理思绪。因为路途中要经过好几条路，所以路过的路口、见到的交警也就比较多。夏天，我看到的是高温下涨红的脸庞、汗湿的警服；冬天，我看到的是寒风中有些僵硬的表情和举止；雨天里，从他们的脸上和动作中,我读到的是坚持与从容;节假日里,在他们貌似平静的外表下,我揣测到的,是一种落寞与孤独。我不想用我的文字去无端地拔高他们,事实上我对于他们的评价是从很低的水平一点一点地升高起来的。在我的心目中,交警这个群体和我的距离已经越来越近,越来越清晰明亮,以至于将之前的种种不满意与不开心渐渐地遮掩了起来。

其实,这一切都应该是源于我们的共同的成长和进步,交警们在变,作风日渐转变,观念日趋务实,放下的是身段,起来的是口碑。在如今城市人口密集化、百姓购买汽车狂热化的今天,难以想象,如果没有交警,我们大大小小的道路该是怎样的一番景象。

当然,还会有许多人不满意,因为他们觉得比较起自己内心里的预期,现在的交警做得还远远不够。那是因为他们的眼光是一直盯着前方的,在他们的下意识中,他们手中的那根无形的标杆一直是在往上提升着的。于是,他们会说,我们的交警们不但应该这样,还应该那样。如果再拉上外地或者外国的,那他们就会有更多的话要讲。

但我已经不会这样,因为我不但会看现在、看未来,同时我也会回过头看过去。当岁月流逝,改变的不单单是我们的面容,更有心灵,我们的眼光应该穿过表面探寻事物的内里,我们的心里不但装着质疑与苛刻,也应该装着宽容与理解。事实上,一味地去要求、指责别人也是一种不理性、不成熟。在我的心目中,求新求变、向上向善的交警们,已经有很多的付出和很多的改变,而这些付出和改变,对于我们这座城市和城市里的我们来说,的确是太必要太及时了。

由于信任和理解,人们就会渐渐地不分彼此,就会尝试着为对方考虑。比如,我就觉得自己可以理解几乎天天能见到的另一位交警——感觉到他那有些散漫不羁的外形外的成熟、沉稳,当年那个浮躁、张扬的少年郎已经为了自己的职业和人生修改、摒弃了许多。其中肯定有无奈、失落,也一定有启发、收获。

最后,还是说那位精致白净的"小"交警。

几年后,我发现,他不但做下来了,还做得很优秀,马路上有他稳健的步伐,评优榜上有他帅气的照片,接着,是职务提升,接着,是被调到其他的区域,应该是去肩负更多的责任。当然,他已不复当年的模样,肤色与肤质的改变似乎让他比以前高大、壮实了不少。

当岁月将我们改变的时候,如果我们能够让自己处于一种比较理想的状态的话,那么就不必有什么落寞、遗憾。"我们做了,我们还会继续这样去做。"有时候,这就是一种境界。

2012 年 01 月

秋来

不必强求,也没必要斗气,人生原本就是充满了不可知与不确定,想做的,就一定会有理由,做了,就不再去琢磨甚至懊恼,本就是平淡的日子,没有必要那么多的复杂。

春去秋来,"春"早已经去了,"秋"也已经来了,这日子过得有些快。

早晨上班的时候,凉风拂面,惬意极了。晚上下班的时候,迎面而来的是一阵又一阵的大风,夹着许多的尘土和些许的落叶。但中午的气温还是很高的,这就是典型的初秋的天气。

在经过几日的高温酷暑之后,这秋的影子也渐渐清晰了起来。

感怀、感伤是难免的,岁月匆匆,人生苦短,都是没有办法的事情,一年又一年,总是这样,也只能这样。

中午,去了一趟城西,看看自己在那里认下的一亩地,据说上面种的是晚稻,再过二十来天,就可以收割了,到时候,吃着自己选择、认可的放心稻米,那感觉应该是不错的。这应该是这个秋天带来的踏实与欢喜之一。

昨天晚上,出席一位老前辈的选集首发宴会,捧着厚厚的一大本书,琢磨着前辈不平凡的人生,想,这样的状态或许更有些价值和意义,如此的收获才称得上真正的"金秋"。

其实,收获几何?是否遂心?都在自己的心里。之于别人,都是些表象,所有的滋味,只有自己知道。

之于我,这些天有些不平静,一些大的决定安排都在紧锣密鼓中,估计也是由于秋来了,一年很快就要走向尾声的原因。

想得再明白,内心再淡定,到头来还是敌不过那瞬间的感受。这或许就是我们这些所谓的人类的宿命吧,不必强求,也没必要斗气,人生原本就是充满了不可知与不确定,想做的,就一定会有理由,做了,就不再去琢磨甚至懊恼,本就是平淡的日子,没有必要那么多的复杂。

就像秋来春去,这么自然。

2011 年 08 月

死亡是一种回归

人之将死,许多表面的东西都会被舍弃,以一种本真、自然的状态展现在人们面前,善恶美丑一览无余。善的美的会让人有更多的惋惜留恋,而那些恶的丑的则只能让人们无奈叹息。

当一个人即将走到生命的尽头,无论如何都是值得我们同情和尊重的。因为这是对生命本身一种应有的态度。当一个人即将从这个世界消失的时候,所有围绕着他(她)的是非恩怨也都失去了意义和价值,没有必要去计较、去耿耿于怀。今天,为一位即将离世的老人做一些事情的时候,我这么想着。

据说诺贝尔临终的时候,说的都是周围人听不懂的语言,后来才知道他说的是他的母语——瑞典语。人之将死,许多表面的东西都会被舍弃,以一种本真、自然的状态出现展现在人们的面前,善恶美丑一览无余。善的美的会让人有更多的惋惜留恋,而那些恶的丑的则只能让人们无奈叹息。

这真是一件让人感觉很复杂的事情。他们如果在过去的几十年当中，没有那么多的过分和隔阂，没有那么多的心机和伪善，那么，也就不会有今天这种让彼此都有些尴尬的局面出现。当然，责任永远不会只在某一个人的身上，问题的出现不但有其内在的原因，也一定会有外在的原因，不能够简单草率地下结论。

之所以一直没有走到反目成仇的地步，一定是有人做出妥协和让步。这一点上，我很佩服某位女士，她的宽容和忍让，她的与世无争和息事宁人，化解了一次又一次的矛盾与纷争，使一个原本不是很正常的家庭得以维持和延续。现在想来，她真是很了不起，柔弱退让的背后，是一颗善良的心和一个宽容的胸怀。

我时常在想，一个人之所以有着这样或者那样的偏执和邪恶，一定是有其特别的原因，可能是家庭、生长的环境、所受到的教育，等等。一个人生活的状态，往往也就取决于这些元素。这是人性的悲剧，它往往会让人们一错再错，不可扭转地走向生命的终点。没有办法，无可奈何。

一辈子很长，一辈子又很短。下午，当我面对着那幅经过修饰美化的照片时，心底忽然有一种悲凉的感觉，因为我觉得对于每一个人来说，生命只有一次，无论他曾经怎样，死亡都是一件让人悲哀的事情。因此，我在默默地做着一切的同时，也默默地为她做着祈祷：更少的痛苦与纠结，更多的放松与安详。

2012年01月

经常是这样

我们生活在我们已经习惯了的环境里、轨道上,渐渐地,便忘记了其实我们还有很多选择和方式,但偶尔向别处看上几眼,发现,自己已经没有了激情与冲动。

经常是这样,我们感觉要做些什么,但往往意识不到我们为什么要做;

经常是这样,我们总是感觉很急切,可并不清楚我们为什么要这么急切。

可能是习惯了,感觉要做些什么,感觉很急切,立刻就去做了,然后会松一口气,放松了、踏实了。可为什么要去做,为什么这么急切,没有想,也不会去想。

应该是一种下意识在起作用,应该这样,不应该那样,已在我们身体的某个地方烙下深深的印记。一旦接收到某种信号,立刻就会做出反应。

不知道这是一种成熟还是一种机械,只是感觉自己运行在一条恒定的轨道上,这么一直往前走着走着。

然后呢？我这样问自己，心忽然有些空，后悔自己为什么要问然后。

经常是这样，希望自己能够达到某种状态，但又苦恼于自己为什么要这样。这样对吗？值得吗？这时才发觉，一些很简单的问题其实并不好回答。

我们生活在我们已经习惯了的环境里、轨道上，渐渐地，便忘记了其实我们还有很多选择和方式，但偶尔向别处看上几眼，发现，自己已经没有了激情与冲动。

经常是这样。

2012 年 02 月

微博 2013

心态真是很重要,当一个人处于良好状态的时候,他的心态一定是淡定、从容的。所有好的不好的信息,到了他那儿,都会被理性地分析与吸收,不冲动,不偏执,风清气爽,海阔天空。

我们缺少耐心与从容,我们总是急急慌慌、匆匆忙忙;我们缺乏欣赏与修行,我们总是蜻蜓点水、急功近利。从某些方面来说,我们差得太远,贫瘠得可怕!

我有一种感觉,自己给自己设立了太多的禁忌,这个不行那个不能够,于是能写的能说的越来越少了。也许是年岁日增的缘故,觉得许多东西没必要再说出来;也许是环境变了,多说对于自己非但没有什么益处,甚至还会引出一些矛盾与麻烦。仔细想想,还是自己这儿出了问题,真的写了说了,又能怎么样,太多虑了。

人生在世,往往就是这样,年轻的时候想得太少,冲动莽撞,结果出错、吃亏,上了些年岁,又想得太多了,有些缩手缩脚。但是，作为一个有个性有思想的人，又想写些文字，那么就必须保持一种锐气，否则，文字里便会缺少一些很重要的东西。所以我时常恐惧，自己是不是会把握不住，走入一种虚无的状态。

我经常很真诚地佩服一些人，能够洋洋洒洒地写下很多的流畅的文字，尽管在我看来，那些文字的确没有多少意思。其实我这样说，并不能说明自己有多大能耐，有时候，我甚至还有些羡慕他们。但真的轮到自己，却怎么着也下不了手。这有些像对待两性关系，因为不是一路人，最多也只是偶尔想想，仅此而已。

所以，只好老老实实地写着自己能够写出来的东西。谈不上坚持，更谈不上追求，感觉不让别人笑话、不让自己脸红已经是很高的目标了。其实人生最怕自己给自己定什么目标了，因为一旦有了，便会束缚了自己，所以，我常常纠结，是不是需要给自己设定许多的规矩，而那些规矩是不是自己给自己的一些理由？

有时候会想，想唱就唱是一个很高的境界，只有心里想得少的人，或者周围没有什么人，才会没有什么顾忌。但现实是，我已经不会想得太少，而周围的人又确实太多。这就有些麻烦了，如果不想太"作"太"装"，也不想招惹闲气，那只有变换方式,把肚子里的话说出来,不然,憋出什么问题来,可就太不划算了。

【思绪碎片】 所谓积德行善做好人,就是拿着属于自己的一份报酬,做着有利于别人的事情。也许不能一直如此,但绝不能因为这样而当下也不做了,善举总是多一点好。

的确有人不是为了报酬去做有利于别人的事情,但这并不能说他没有得到什么——他得到了人们的感激和称赞。的确是有人想做一辈子好人,但却没有做到,但这又有什么关系,即便这个人后来走向反面,邪恶了,也应该分开来看,好的还是好的。人生一辈子,谁也不能够保证自己一定总是好人。

【思绪碎片】 到了这个年岁,应该相信自己的直觉,有了这个自信后,对许多人许多事就会坦然、释怀,就会一笑了之。

【思绪碎片】 有时候一个人攻击诋毁另一个人,并不是因为讨厌,而是因为利益,后者碍了前者的事。

【思绪碎片】 人们常会把自己看不懂的局称为乱局,而那些所谓的"乱局"往往是一些人精心设置的,如果有耐心和兴趣,是早晚会看明白的。

【思绪碎片】 你认认真真,别人却在闹着玩,别人闹着玩你却当真了,哪种更让人郁闷?

【思绪碎片】 心态真是很重要,当一个人处于良好状态的时候,他一定是淡定、从容的。所有好的不好的信息,到了他那儿,都会被理性地分析与吸收,不冲动,不偏执,神清气爽,海阔天空。

当一个人长久地陷入一种状态和角度的时候,就应该小心了,因为,他极有可能因此而偏执、走极端。这对于个人,是个悲剧,对于别人,则可能是伤害——如果他们不幸中招的话。

【思绪碎片】 与其听那些似是而非的"哲语",不如照着做人的最起码的要求去做——有追求,有担当,有爱心,然后有些生存之道,就够了。

要这样,不要那样;这个可以,那个不可以。甚至精确到几个小时。——如此的人生会不会太累,太冠冕堂皇,太有些"装"了,如果所谓的成功都是这样得来的,不要又何妨。

【思绪碎片】 因为一件事,想通一件事。很多时候,我们做不成某件事,或者达不到某个目的,不能怪别人,而是自己不愿意做,不屑于做,或者根本做不了。站在对方的角度或者旁观者的角度,很明白的一件事,但在于自己,却是如何也不愿意承认,长此以往,那就是和自己过不去——虽然表面上一直是在埋怨着别人。

【思绪碎片】 关于图书插图,感觉可以多说几句。在我看来,一本书如果有几张或者更多一些合适的插图,应该是一件好事。但必须绘画要够水准、有特色;美编要有感觉、能够处理好这些绘画;同时还得要有合适的开本、版式和用纸。哪一个环节不到位,都会影响到这本书的整体感觉。因此,那些图文并茂的书并不太多见。

【思绪碎片】 关于城市规划与建设的一些思考:一、对于一座城市而言,文化不应该是点缀,而应该是"点睛"。二、要带着感情和激情去做规划(这一点看似很虚,实际上是极高的要求)。三、无论是国家,还是城市抑或个体,拼到最后,还是文化。四、做自己的文化,要到达具有个性和与众不同,很不容易。呵呵,一己之见。

【思绪碎片】 难得一个相对清闲的周日,身心都处于一种休整的状态。人生到底是应该慢一点还是应该快一点,这是一个说不清楚的问题。或者是应该珍惜每一寸光阴,分秒必争;或者是放慢节奏,从容而优雅;或者,张弛有度,随心所欲。有的时候,挺迷茫的,找不到感觉,清闲的时候如此,忙乱的时候也是如此。

【思绪碎片】 一、有的时候未能成功没准是最好的结果,因为一开始就错了。二、要理解别人,包括他的抱负、他的野心,不要轻易就瞧不起别人,都不容易,换了你试试?三、在感觉不好的时候,要冷静,琢磨一下,是外界的问题,还是自己的感觉跑偏了。四、一件事,一旦想好了,决定了,就不要犹豫,要马上去做。

【思绪碎片】 一、些许的被动往往也是一种动力,促使人们完成一些看似不好做的事。二、专心于某件事情的时候,一切的外来因素包括关心,都是干扰。三、做成一件事,不光是交了一个差,也是积累了一笔财富、换取一份心安。四、同样一件事,由谁来做非常重要,其结果有可能是天壤之别。

【思绪碎片】 晚上,整理一份小计划,又要开工了,心里竟有几分快意。有活干的日子是充实的,人生一世,怎么过都是可以的,只要是自己愿意的,或者是比较合适自己的,就是不错的。干不了大事干小事,小事做好了,做多了,也有一种成就感。能够找到自己愿意做又能够做的事情不容易,为此,我倍感珍惜。

【思绪碎片】 一、因为顶着很大的压力,所以就一定要给别人很大的压力,这是传递压力,还是逃避压力?二、因为没有什么,所以不在乎失去;但如果是误判,那又另当别论。三、有时候要给别人一个机会帮助你,总是给予,也不合适,不要把自己放在很特别的位置上。四、记忆是需要一些物质辅助的。

【思绪碎片】 一、所谓朋友,应该彼此有感觉,见面有话说。二、得与失,有时很好把握,有时很不好把握。三、值不得,是一个很难的判断,听从自己内心没错,但内心往往会误判。四、虚荣,有时是动力,有时是阻力。五、发一个誓很容易,但坚持做到不容易。所以,轻易不要发誓,不要太为难自己。

【思绪碎片】 一、一个人太计较不好,但有的时候太不计较也有问题,由此可见,该计较的时候还是要认真地计较一番。二、静下来,不是一件容易的事,它需要修养和定力。三、我们应该宽以待人,但这并不表明,我们不需要看清周围的人。四、小事情有时候能够说明大问题,政治上如此,人品上也是如此。

【思绪碎片】 一、与人为善有时候算不上是一种美德,因为你放过了别人也就放过了自己。二、有目标的人生也许是辛苦的,但也是有滋味有感觉的,所谓"无欲无求",既虚无也虚伪,有时甚至是可笑的。三、不要给自己的人生设置太多的限制,看上去是条路,就可以试着走一走。四、埋头做事可以少看到很多的不堪。

无风无雨又一年

有一种感觉越来越强烈:时间走得真快,一转眼,一年就没了,一些人就不在了。想改变的来得太慢,想留住的行迹匆匆。于是,自然有些失落。

有一种信念越来越明确:做自己真正愿意做、喜欢做的事情,尽心尽力,让自己心安。一个人到了一定的阶段,理应清楚和顺应自己的性情和心情。忘我,有时候是境界,有时候是悲剧。

漂流在平静的水面上

当经历了许多、见过了许多和想明白了许多之后,心态或许就如这片水面一般,逐渐趋于平静了吧。因而,此刻即如人生,静静的、慢慢的,漂流在平静的水面上。享受,回味……

"我们已经分别得太久太久!"这是一句歌词,其中有种感慨和苍凉的味道,用它来形容我们这些分别许多年的同学,倒是颇为准确和妥帖。"太久太久"之后,再一次聚到一起,是件很不容易、很让人期待的事情,2010年6月中旬的一天,它成为现实。

这一天天气闷热,稍微动一动就会流出汗来。许多年前的这个时候是不是也是这样呢?完全不记得了。不过那个时候年轻,既不在乎也不计较是怎样的天气。

不记得的还有身边的这群人,似曾相识的面孔太多了,慢慢地,才将记忆接上:哦,原来是他(她);有些,则需要从根本就没有一点印象的陌生人开始,在急剧复苏的记忆里寻找线索,然后,豁然开朗:是的,是有这么一个人;至于很多年不见,还能一眼认出来的,应该算是个奇迹了,没有让岁月的风霜改变得太多,依然故我地近似"原汁原味",真是很不容易。

这么多年过去,老同学再一次聚在一起,都在想些什么?是想找回什么?还是想得到什么?抑或是要释放什么?不知道,或许都不是,或许兼而有之。反正不会是那么单一和绝对,因为大家都早已过了单纯的年龄。

"那个时候"是我们那两天里用得最多的一个词,那个时候,我们真是很年轻;那个时候,我们真是很简单;那个时候吧,我们真是很快乐;那个时候啊,我们确实很懵懂。

那个时候个头很矮小的同学,居然现在蹿得很高;

那个时候面相很一般的同学,居然会蜕变得仪表堂堂;

那个时候特淘气调皮的同学,居然会变得成熟大气;

那个时候特招人注目的同学,居然会变得内敛沉稳;

那个时候特木讷内向的同学,居然会变得滔滔不绝;

那个时候特低调谨慎的同学,居然会变得潇洒开朗。

变化,无处不在的变化,让所有的人都不敢轻言认识和了解,有惊喜、有失落,更多的还是怡然、淡然。

当我们坐上同一辆大巴,向着太平湖驶去的时候,我心中忽然有一种很奇特的感觉,我们又在一起了,像一群离开山林的鸟儿,在朝着各自的方向飞翔了很久的时候,重又聚在了一棵大树上。既有叽叽喳喳的兴奋与快乐,也有东张西望的落寞与忐忑,时常联系、比较熟悉的同学之间,自然是有源源不断的话题;当年一别、再无联络的同学之间,有一种特别的气场笼罩着,其中,有矜持,有探寻,有咀嚼,有期待。

回望过去,应该是每一位参加活动的同学的必修课,之前,之中,之后,都是如此。只不过在每一个阶段里的感受是有差别的。最初的回望,主要是怀旧中的期盼和好奇;到了见面的时候,回望中多了感慨和比较;我想,等到大伙儿再一次散开的时候,回望会更加的多元和饱满。

当三个小时的车程将我们带到黄山脚下的太平湖边的时候,当我们围坐在一张张餐桌前的时候,我们已经开始重新交流与融合,这种交流与融合在紧随其后的联谊会上迅速达到高潮。

正式与拘谨原本就是不适用于老同学联谊会的,因而,开始比较沉闷的气氛很快就被打破。绰号、相貌、习惯、趣事,记忆中的星星点点被鲜活地打捞出来,呈现在大家面前,引发一阵阵哄堂大笑,会场气氛变得轻松、活泼,不论是抢着"话语权"的活跃分子,还是含笑不语的"低调一族",都是一样的放松、开心。联谊会渐入佳境,大家找到了期待中的感觉。其实彼此一直在内心深处,一直在记忆之中,总在默默关注,总在真心牵挂。

三言两语的表达,是激动,是感谢,是慨叹,是期望。

晚餐是又一个高潮,这是预料之中的事情。因为,有了白天的铺垫,有最为齐全的人员参加,许多搁在心中很久的话可以借助这样比较随意的场合表达出来。在这样的场合里,美食已经不是最重要的,相比之下,美酒倒显得是必不可缺的,几杯下肚之后,大家不约而同地选择了"桌间流动",端着酒杯,拿着筷子,走到哪儿喝到哪儿,总有打不完的招呼,总有说不完的话题,一群不再年轻的人们尽情地释放着,热烈的气氛透过餐厅的每一扇窗户,传递到外面。

太难得了,太放松了,太开心了。这场聚会其热烈的程度是可以想象的。让我最感动的,不是同学们相互之间的那种感觉,也不是那一首首的歌、一支支的舞,而是每位同学在两本书上工工整整地签下了自己的名字,并把它们送给昔日的两位老师:86岁的戈老师,88岁的戴老师。我们想告诉他们,我们始终记着他们,我们始终感谢他们。

太平湖风平浪静,大家乘着游船,漂流在平静的水面上,置身于水光山色之间,感受着微风拂面,说不出的惬意。前一天晚上的晚会以及晚会后的许多场小范围的活动一直延续到深

夜，疲惫写在很多人的脸上。尽情地释放之后，有这么一个机会，安静下来，说说话、聊聊天，享受一番大自然的美妙，又是一种心境。

　　太平湖的确很美，水面的宽阔与山色的多变，让游客感到放松与开朗。忽然想到，我们有些像这湖水，本来也许是一条小溪，也许是一条山涧，也许是一条宽阔一点的河流，经历许多或顺畅或跌宕的行程，一路流淌到这里，融入一个宽阔、包容而平静的水的集合，感受着一份难得的踏实、放松。

　　当经历了许多、见过了许多和想明白了许多之后，心态或许就如这片水面一般，逐渐趋于平静了吧。因而，此刻即如人生，静静的、慢慢的，漂流在平静的水面上。享受，回味⋯⋯

2010 年 07 月

无风无雨又一年

有一种信念越来越明确:做自己真正愿意做喜欢做的事情,尽心尽力,让自己心安。一个人到了一定的阶段,理应清楚和顺应自己的性情和心情。忘我,有时候是境界,有时候是悲剧。

人真是会变的,以往一年结束的时候,总会兴致勃勃地"总结"一通这个收获那个成绩,然后回味一番、感慨一番,今年却忽然没有了兴致,有些无所谓。想来也是,12月31日和1月1日没有什么不同,不过就是今天和明天,一样的日子,一样的生活。

有一种感觉越来越强烈:时间走得真快,一转眼,一年就没了,一些人就不在了。想改变的来得太慢,想留住的行迹匆匆。于是,自然有些失落。

有一种信念越来越明确:做自己真正愿意做喜欢做的事情,尽心尽力,让自己心安。一个人到了一定的阶段,理应清楚和顺应自己的性情和心情。忘我,有时候是境界,有时候是悲剧。

其实,这一年我还是做了不少的事情,关于家,关于书,关于工作。

在经过很多年的"凑合"之后,今年终于将家中的坛坛罐罐、零零碎碎,特别是那一大堆的书拢到了一起,新的住处虽然不新不大,却方便舒适,最主要的是,它离我老父母的住处咫尺之遥,心,由此安定了下来。

一年中除了买来看的书,对于我来说,还有3本书很重要。

年初我出版了一本书。那是我去年写的,作为一种回顾和礼物的书:《就这样,我们赢了!》。当刻骨铭心的记忆在8年后变成文字,这让许多人关注和感动,更让我和太太、儿子重新回味和咀嚼了一番人生。

参与策划和编辑的大型散文集《阅读合肥》,在十一之前如期出版,并于国庆日当天举行了大型的首发仪式及作者签售会,产生了很大的影响,在销售上也表现不俗,以近千册的销售跻身畅销书行列。这本书让我付出了许多也收获了许多,人生总是如此,在付出时感受一些意想不到的快慰。

由于全力以赴做《阅读合肥》这本书,自己的另一本散文集的编辑出版便拖到了年底,这本书是一般意义上的近期文字的合集,但当我从《阅读合肥》转过身来,再次以审视的眼光看它的时候,心中忽然有了新的想法。我知道,这是一种改变和提高,尽管它需要又一番劳神费力,但我愿意去做。

工作上的事情永远是乐趣和压力并存的。说"乐趣"也许有人会觉得我这个人违心、虚伪,但我就是这样认为的,并且享受着这份"乐趣"。当然,也有压力和烦恼,但因为有这份"乐趣"存在,一切便永远"不会太坏"。

生活永远是单调与多彩融合在一起,依着心境,不同的时候人有不同的选择,想得很透其实不好,会让一个人失去热情和激情,但它也有好处,比如现在的我,在经历了一年的林林总总之后,感觉却是极其的简单,那就是:无风无雨又一年。

2009年12月

欢喜过年

作为一名"土著",对于过年的热情,一直没有减少,喜欢它的喜气洋洋,喜欢它的热热闹闹,喜欢人们脸上的笑容,喜欢亲朋好友团聚时的那份感觉。

空气中游荡着"年"的味道,并且随着春节越来越近,日益浓烈起来。

母亲今天打电话说:"今年的圆子就不要你帮着炸了,有你二哥和你家筱敏在就行了。"我笑道:"炸圆子这样的大事,我不到场怎么可以?即便是不帮着做也要帮着吃几个啊。"老太太一听乐了:"馋嘴,你不说也会给你留着的。"

昨天下午,一位朋友对我说,过年他要带着妻子和儿子回江城过年,然后再到另一座城市去看望一下老丈人,走一走妻子娘家的亲戚,估计初六左右才能回来。他说:"这是没办法的事,老人老了,而我又是家中长子。"话语中透露出的是义不容辞。

理发店里永远是人满为患,女人们的头发变幻出各式各样的发型,男人们(特别是小伙子们)也不甘示弱,变着法地折腾着头发。

商场里,街道上,来自周边城市乡镇的面孔明显多了起来,大包小包拎着的,是崭新的衣服、各色的食品。将一年间挣下的、省出的钱留到过年的时候花,是多少年多少代留下的传统。辛苦一年,快乐过年。

与此同时,上下班时间的大街上,车流和行人日渐稀疏。那些收工早、性格急的生意人,打工的,已经开始收拾行装,加入到浩浩荡荡的返乡大潮中去。"有钱没钱,回家过年"是中国人的老传统,如今日子好过了,自然更是时候一到,归心似箭。而随着大建设的开展、城市规模的扩大、综合实力的增加,合肥已经渐渐衍变成为一个移民城市,每逢过年的时候,它的相对空旷与安静,也是必然的。

作为一名"土著",我对于过年的热情,一直没有减少,喜欢它的喜气洋洋,喜欢它的热热闹闹,喜欢人们脸上的笑容,喜欢亲朋好友团聚时的那份感觉。

鞭炮、春联和圆子,是合肥人过年必不可少的三元素,其中,我最看重的还是圆子——没办法,穷怕了,最关注的,还是吃的。

实际上,喜欢圆子,不单单是因为喜欢吃,还喜欢制作时的整个过程。炸圆子可以说是过年中的重头戏,大伙儿很上心,郑重其事。选好日子,备足油和米,然后买肉剁馅、切好葱蒜姜等配料,这其中,煮熟了的米的软硬咸淡,将它和肉馅、作料糅合到一起的时机,以及揣米的力度与均匀度,都必须把握得当。接下来,就是做和炸了。做圆子可是件力气活和技术活,不但要用特制的"汁"沾手,将原料捏成型,还要把圆子在两手间搓,防止在炸的时候,油钻进圆子里,影响口感。等到锅里的油烧得滚开,将圆子下锅,一股独特的香味会立刻弥漫整个房间,然后透过窗户或者排烟机传到外面,与邻家传出的烧菜、卤菜、或者炸圆子的气味汇集到一起,将游荡在空气中的年味渲染得更加诱人。

当一大盆喷香的圆子端上年三十的团圆饭桌的时候,这"年"达到它的第一轮高潮。欢声笑语中,一年画上了句号,而接下去的,是更加热闹和喜庆的大年初一。

合肥人习惯将"喜欢"说成"欢喜",想来也对,既然喜欢,就一定是"欢欢喜喜"的,因此,如果用合肥话来说"欢喜过年"这四个字,那就更有味道了。

2010 年 02 月

过年的心情

不管是"过年真好",还是"过年真不好",这"年"都是年年要过的,在这一点上它和央视的春晚有些相像,其实我们只要稍稍调整一下心态,就不会有那么多的不满意和不高兴了。

过年总是很忙乱,今年过年尤其如此。因为又多了一些内容,所以显得有些繁杂,不过感觉自我心态还是不错的,该忙的忙,该操心的操心,其他的,任其飘来飞去,不往心里搁。人生一世,操不了太多的心,生不得太多的气,过好自己的日子,才是最重要的,否则,年老之时,回首往事,该多么懊悔。

其实我是挺喜欢过年的。这一点上,我要比许多人"俗气"得多。今年过年,除了一些"传统"活动,又有了一些新的内容,总体感觉是放松和回归。没有太多的世俗和应酬,心里感觉舒坦。还有一点就是尝试着把一些不太顺畅的气场捋顺,好让自己能够放松一些,开心一些。

今年又恢复了放鞭炮习俗,年三十吃年饭的时候放一回,

初一又放开门炮,加上书城的关门炮和开门炮,忙得我是不亦乐乎。不过,再放鞭炮,心中的感受却是不一样的,似乎更多地理解和认识到民俗的内涵。我祈盼来年的日子能够过得轻松愉快一些,少一些疾病、意外和坎坷,多一些健康、快乐和好运。隆重祈盼!

　　实际上,过年对于现在的人们来说,已经有了很多的变化,但有一些是没有变的,比如走亲访友、休闲娱乐等等。干干净净、鲜鲜亮亮、红红火火,也都在延续着的。只是感觉孩子们那一块有些接不上,他们似乎更愿意待在家里,在网络的空间里漫游。这倒让我有些担忧,既是为他们的身体,也是为这"年"的实质。如果孩子们不愿意、不感兴趣了,估计这个"年"也就没办法过下去了。不过,似乎也不必那么悲观,因为我总感觉"改变"是一定的,但一下子就决绝地说再见好像也不大可能。有些东西是植根于我们的血液中的,到了一定的年龄,它就会起作用,然后一代又一代的人继续。我们的生活有时就是这样。

　　有时候我在想,为什么一年中要有这么多这个"节"那个"节"的,还有这么正式的"年"?想来想去,觉得还是因为大家走的这条路说到底是个空,挺没劲的,老是这么着默默地走着,太无趣了,而这些"节"呀"年"呀,则能够制造出一些喧闹和色彩,让一条本来没什么的路多些快乐开心的内容。

总体说来,人是一种没有长性的动物,也是一种需要温暖和安慰的动物,因此必须要有时间和机会时而放松一下,互相慰劳、鼓励、夸赞一番,然后让他们有一个正当的理由游手好闲、大吃大喝、撒欢儿地玩上一通。过年,就能够满足这一切。用一种比较文学的语言来说,就是:我们不能够一直在路上,我们需要驿站。

再热闹开心放松的"年"都是有尽头的,过完年的人们又要重新回到原来的轨道,开始又一个春夏秋冬的轮回。一年又一年,人们总是这么过的,如果不这么过,还会有什么更好的模式吗?我觉得,其实我们的内心还是很认可盼望这样的一个"年"的,不然,我们何以会一直这么一边埋怨一边享受着呢?

不过,不管是"过年真好",还是"过年真不好",这"年"都是年年要过的。其实我们只要稍稍调整一下心态,就不会有那么多的不满意和不高兴了。过年图的就是一个乐,这会儿你乐一乐,那会儿他乐一乐,不可能总是你一个人在乐,也不可能是你一直乐不起来,何必那么太较真呢。

写着过年的心情,渐渐地沉浸在对过年的回忆和回味中,从小的时候简单而纯粹的快乐到大了以后自己寻找制造出的快乐,从一家人其乐融融的快乐到一个人远远地去看一批人快乐,个中故事情怀,还真是不少,如果写得好,没准能够让许多人记起、发现些什么。只是这会儿,人们的精力似乎都在"聚了"然后"散了"。

2012 年 01 月

休眠了一天

很虚弱的感觉，仿佛一场大病过后。如一个很富有的人，刹那间丢失了所有的财富，很惊慌、很失落，一时间找不到了北。

"某些生物为了适应环境的变化，生命活动几乎到了停止的状态，如蛇到冬季就不吃不动，植物的芽到冬季就停止生长等。"这是《现代汉语词典》对"休眠"一词的解释，其关键词应该是"停止的状态"。从这个层面上来看，我将自己在10月2日的状态称之为"休眠"，是比较准确的。

昏昏沉沉，不思茶饭，除了睡，什么都做不了，思维似乎处于停滞状态。没有特别地难受，没有翻来覆去，只是沉沉地、深深地睡着，哪怕是醒了，只要合上眼，便又会即刻进入深睡状态。整个白天，一直如此。

颈椎毛病肯定是个原因，但显然不是全部，劳累、疲乏、缺少睡眠，似乎都是原因，但仍然不是全部，仔细想了又想后，应该是诸多因素合在一起，找我来算账了。

现在想来,9月26日至28日三天的出差,是过于匆忙了。60个小时里,用在长途汽车、公交和出租车上的时间至少18个小时,用在参加会议、考察市场等上至少15个小时,用在应酬与凑份子娱乐上至少12个小时,再去除一日三餐、日常洗漱、短暂休整,真正用在睡眠上的时间,不过8小时而已。

29日凌晨1点多到家,早晨8点准点上班,节前准备、卖场调整布置、业务纠纷处理,以及许多说不出但却让人感到很烦很累的事,忙得人不亦乐乎。第二天更是一直到晚上8点才下班。10月1日应该是清闲一些的,但一件关乎企业形象与效益的事又让我费了半天的劲。中午与下午,则是家庭的聚会与亲友间的走动,然后,便是晚间了,已经不舒服两天的嗓子更难受了。心有余悸地早早睡下时,便感到有些不对劲了,半夜,忽然觉得脑袋痛了起来,整个人开始变得昏昏沉沉、迷迷糊糊。

吃了一点治疗颈椎毛病的药,但感觉似乎睡眠更有效,于是,就这么一直睡着,沉沉地、昏昏地。

其实,脑子里还是在运转的,想的东西和平时不一样。比如其间忽然记起张洁的小说《人到中年》,想起昏昏在病床上怎么也醒不来的陆文婷。隐隐约约地觉得自己可不能像陆文婷那样,渐渐地,内心有一股抗力在产生,并最终使自己在傍晚时分醒了过来。

这是一种很虚弱的感觉,仿佛一场大病过后。如同一个很富有的人,刹那间丢失了所有的财富,惊慌、失落,一时间找不到了北。

吃了些东西后,我由儿子陪着走出门,看着街上人来人往、车水马龙,感觉自己对于"珍惜生命,学会生活,量力而行,适可而止"这些平时常挂在嘴边的话语多了一些更新更深的理解。

这一天的休眠给我的记忆有点深。

2006 年 10 月

在春天里酣睡

也不是不想改变,也不是不曾改变,但最终还是依然故我。没有办法,秉性这东西不是一朝一夕、轻而易举就可以改变的,加上我是这样没有使命感与紧迫感的人,自然更是"本性难移"。

早晨过了九点半才醒来,窗外下着小雨,天地一片清澈。洗漱,然后我将昨晚临睡时泡的茶续上水喝了,随后,吃上一碗妻子的"杰作"——香喷喷的蛋炒饭。

散坐在沙发上,我翻看着最近收到的几位文友的新作,不觉一个多小时过去了,等到儿子来家,便一起去后楼父母的家吃饭。妻子下班后已直接过去帮厨,我们到时已是满满一桌的饭菜。大家边吃边聊,每周一次的聚餐吃得挺愉快的,尽管距离"早餐"才两个小时,我依然食欲很好,真是有点惭愧。

回到家,我竟然又困了,上床的时候,有些心虚:设个闹铃,一个小时多点足矣,两点半一定起来。结果是:两点半的确是被闹铃叫醒,但由于睡意正浓,又迷糊了一个小时。

泡上一杯绿茶后,我又是散散地瘫在沙发上,发愣、看书。等到觉得实在应该干些事情的时候,已经是五点的光景了。我打开电脑,这儿看看,那儿转转,又混了一会儿。刚想起将一篇关于合肥方言的文字放到博客上的时候,哥哥嫂嫂来了……

一个下午就这样过去了。

昨天似乎也是这样,不同的是下午去单位加了几个小时的班。不过昨晚睡得出奇地早,不到十点就酣然睡去。

如此贪睡,实在是有些不好意思。昨天是因为头天夜里朋友圈闹腾了太迟,几乎没睡,理由似乎充足。但今天却是没有什么"正当理由"了,就是贪睡,出奇而少有的贪睡。

想来兴许是因为上一周的连轴转地工作和活动,身心透支太多,又或许是连续几场应酬,每每小醉还没有得到彻底恢复,逮到这么一个独自在家的机会,彻底放松一把,做一回长睡不醒的瞌睡虫。

关于我睡眠好、质量奇高,不同的人有不同的解释,有人说是身体好,有人说是太欠睡眠,我的感觉是:没心没肝,上床就不想站着时候的事。如今,春天到了,更是将酣睡发挥到淋漓尽致。

其实,对于自己的太能睡,一直是有些心虚的,感觉会因此让人觉得有些不上进、不成熟,但的确,不管大风大浪,还是琐事闲气，无论如何也不曾有多大改变，一直好眠。这应该不算是什么缺点，有时我甚至还有些自得。当别人在为自己长期睡不好觉而抱怨和无奈的时候，我总会情不自禁地介绍自己酣睡的经历和"苦恼"。事后想来，这事做得既无城府，又不够厚道，但无意之中，似乎找到了一些自己"酣睡不醒"的原因：缺乏心机，缺少谋略，缺少度人与自保的修炼。

也不是不想改变，也不是不曾改变，但最终还是依然故我。没有办法，秉性这东西不是一朝一夕、轻而易举就可以改变的，加上我是这样没有使命感与紧迫感的人，自然更是"本性难移"。

于是，继续酣睡，心安理得地在春天的鸟语花香中酣然入睡。

2010 年 04 月

休闲的方式

"宅"这个字现在很流行,我觉得它在某个方面契合了我的某种心愿甚至是理想。估计是有些逆反的因素在里面,反正是很渴望,非常想得到、想过上一段"宅"在家里的时光,哪里也不去,只做着自己最想做的事情。

休闲的方式应该是很多的,但在我,每过5天就有一次双休,休闲的方式很简单,因为5天的忙碌,5天的应酬,人已经乏了,心也是倦了的。在这种状态下,到了双休日,第一位的,就是放松。

如果没有营销方面的活动,如果不要值班开会,如果没有各种各样的应酬,如果风调雨顺没有各种状况出现,那么,原本属于我的双休日才真正属于我,那么,我就可以从从容容地安排、痛痛快快地放松。

首先我就是睡到自然醒,把平时亏欠的睡眠补回来;然后就是把自己住的小窝收拾得清清爽爽,该擦的擦,该洗的洗,该换的换,该扔的扔;然后把自己收拾干净,把茶水泡上,把书本打开,享受一段惬意的与书相伴的时光。

做完这些,该到了中午,如果那口子在家,要么去老父母那边,和父母亲聊聊天逗逗乐,要么就在家里吃,不管怎样,我都是吃现成的。如果那口子值班,我则要烧饭,做几样简单的菜,等一家人聚齐了吃饭,吃过饭,小憩片刻,进入到更为单纯轻松的下午时光。

没有其他事情的情况下,睡一个轻松的午休,睡到自然醒。可能是两三点钟,也有可能是四五点钟,反正心中没有事情,睡得香甜踏实。只不过在醒来的刹那,有那么一丝丝不安,仿佛做错了什么。

当然,一般情况下都是睡上一会儿,起来或者继续家务琐事,或者翻翻杂志看看书,或者电脑前坐下,上网打理打理博客,到处溜达溜达,然后写写文字。顺的时候,一篇两篇都是可能的,当然大多数的时候,能写完一篇就已经很不错了。写文章是不能强求的,年岁越大,越觉得是这个道理。

晚上往往是下午的继续,只是多上一个看电视,各种演唱会是我的首选,一为欣赏,听觉和视觉兼有;二为放松,思绪很随意。

估计谁看到这儿都会发问,我啰里啰嗦地罗列了半天,就是没有说"出门"这个词。这是因为在我的双休日词汇中,"出门"这个词是不存在的,无论是购物,还是休闲、娱乐,都成为不了我出门的理由。能够宅在家里不出门是太难得的事情了。在我,就很少有双休日两天都能够待在家里不出门的时候。如果有,那真是件很过瘾的事情。

"宅"这个字现在很流行,我觉得它在某个方面契合了我的某种心愿甚至是理想。说得似乎有些大,但确实是很真实的,估计是有些逆反的因素在里面,反正是很渴望,非常想得到、想过上一段"宅"在家里的时光,哪里也不去,只做着自己最想做的事情。

人有时候很无奈,看似很简单的愿望,却似乎总也实现不了。

2011 年 08 月

来一个东扯西拉

年轻人，更年轻的人，以一种放松的状态，思索着，书写着，世界仿佛与他们无关，世界恰恰将会属于他们。总是这样，今天是你的舞台，明天是人家的舞台，社会如此，人生也如此。

没有话好说的时候，其实挺尴尬的。现在的我就是这样。

才上两天班的人们，明天又要休双休日了，如果没有明天下午的一场沙龙，我这个双休日还是蛮休闲的，但有了这个"如果"，我就轻松不起来了。许久没有做沙龙了，重又捡起，而且还要客串主持人，心情还真有一点小紧张，这两天时不时做点功课。"一点小紧张"这样的句式是跟马孔多学的，这阵子她痴迷上了书画，把沙龙的事儿一股脑儿地放权给了别人，包括我，让我有些诚惶诚恐。瞧我这点出息，也算个"老江湖"了，咋越来越"缩骨"了呢？

"缩骨"也是一个合肥方言，前一段时间写书的时候，好好琢磨了一番，最后将它定义为："一个男人越来越小气，越来越胆小怕事,上不得台面,伸不直腰板。"当然我也试图寻找了一下自己"缩骨"的原因,外部的和内部的原因,最后感觉最根本原因还是"自己没有底气和实力,缺乏自尊和自信"。现在看这样的分析还是有些道理的。

没有写有关合肥方言文章的时候,时常小打小敲地弄着玩,感觉还是挺不错的。但真要正儿八经地做起来,发现真是一件不轻松的差事,方言这玩意儿水深得很,不是谁想做就能够做得好的。可想而知我那个累啊,尽管不需要很多的字,但要把"微博"这个新八股用好了也不是一件容易的事,于是白天夜里,有个空闲就琢磨,看书查资料、寻访土著老人,哪样都得用心尽力,好在终于结束了,因为有点"伤"的感觉,期间又想起的一个有关合肥方言的好选题也不愿意再做了,以后吧。

可能是前一段时间有点"赶",我这一阵子"懈"得很,人有些提不起精神,不过书倒是读了不少,因为一个所谓的"任务",必须要读一些书,果真是开卷有益,长了一些见识,得到一些启发。另外我也跑了不少路,出差或者闲逛,都是有所收获。只是身体有些跟不上,有些哼哼唧唧的味道,其实我也是有些胆怯,估计是这个春天里有太密集的熟人死亡报告,让我有些抑郁了,咳,内心还是不够强大啊。

合肥的春天真是很短,似乎是这厢刚脱了棉衣,那边就要把T恤翻出来,昨天下午我就看见一个小"胖墩"穿个小短褂手里拿着一支冰棒。天一暖和就要收拾冬天的装备了,穿的盖的都得洗、晒、收,这可不是一件轻松的活,不过我倒是挺喜欢做这件事,因为它能够让人特有成就感,变戏法似的,一件件地打理干净收起来,心里会有一种充实和踏实的感觉。

的确,只要是自己愿意做的事情,就不会厌烦,哪怕是有些辛苦也感觉不到或者不去计较,这就是所谓的心甘情愿吧。比如,我上班的时候,能够和来自全国各地的出版人聊关于书的一切,选题、装帧、出版、营销等等,特别流畅自然,特别有感觉,事后想想,还是因为自己愿意和喜欢在书城这个环境里工作。围绕着书做着一切,将许多设想、计划变成现实,让个人的喜好与工作融合是自己多年前的理想。

还是说下午的沙龙,主角叫李霄峰,70后,作品《失败者之歌》挺不错的,读后的感觉是放松,思维的放松与笔调的放松,节奏感很好,画面感也不错,估计与他长时间研究电影有关系,另外就是,他有见识与功力,他走了不少的地方,一直沉浸在文字之中,这对于他,都是很有意义的。

年轻人,更年轻的人,以一种放松的状态,思索着,书写着,世界仿佛与他们无关,世界恰恰将会属于他们。总是这样,今天是你的舞台,明天是人家的舞台,社会如此,人生也如此。明白了,也就放下了。

没话说的时候,挺尴尬的,说起来颠颠倒倒,也挺尴尬的,这会儿要拾掇午餐了,不扯了。

2012 年 04 月

一天的流水账

这几年因为工作的缘故，见了不少名人，看到、感觉到一些他们鲜为人知的东西，有些人，见过之后，更加敬佩；有些人则让人有些失望——感觉还不如远远地瞧上一眼的好。

上午特地用轮椅推着母亲上街转了好大一圈，然后一家人在一家我们都喜欢的饭店吃了午餐。餐后，又和儿子一起，将母亲推回家，一来一回两个小时，和母亲说了许多话，感觉特别的好。

昨天和母亲聊天的时候，说起上一次推她老人家出去是什么时候，我说至少应该有4个星期了，母亲说是的，她最近的一次跌跤是3个星期以前的事情，这让我忽然记起母亲几周前的那次有惊无险的摔跤，因为一只鞋子，母亲一下子摔倒了，她挣扎着起身的时候伤了左手腕，手腕肿了，瞒了我们3天，也不让父亲告诉我们。

不过母亲的生命力的确很强大，而且记忆力特好。昨天在路上,母亲说起了许多过去的事情,她的准妹婿吴传宝,父亲的前表嫂等等,很有意思也很有意义,有时间的时候我要把他们写出来,名字都想好了,叫做《曾经的亲戚》。母亲说了,人老了,时常会想起过去那些有情有义的亲戚朋友,有机会的话真想再见见他们。

今天下午,安徽图书城又是好一阵子热闹,"美猴王"六小龄童带着他编写的书来与合肥的读者见面。一时间,书城的一楼大厅是水泄不通。不过六小龄童的确是一位认真的人,一本本签得很仔细耐心。今年是老版电视连续剧《西游记》拍摄30周年,此次签售会让几代观众着实过了一把瘾,老老少少,喜笑颜开。

中午,陪同六小龄童共进午餐,感觉他是一位精明能干的人。最有意思的是,大家坐定之后,还没有寒暄结束,他忽然对我说:"我感觉你好面熟。"有些尴尬的我竟然冒出一句:"我看你也好面熟。"不过随后我告诉了他为什么"好面熟"的原因,然后我们谈了一些安徽戏剧界的名人轶事,一时间感觉彼此之间近乎许多。

这几年因为工作的缘故,见了不少名人,看到、感觉到一些他们鲜为人知的东西,大家都是人,不同的是,他们的确有更多一些能耐、智慧和机会。有些人,见过之后,更加敬佩;有些人

则让人有些失望——感觉还不如远远瞧上一眼的好。不过,这里也有一个心态的问题,不能够一开始在心里把名人想象得过于高大。

所谓摆正了心态,其他事情就好办得多了。意外、失落之类的感觉自然也就不会出现了。

2012 年 05 月

随便聊聊

当我翻看着它们精致的彩印内芯,当我面对着它们绚烂华丽的封面,特别是当我摩挲着它们那挺括、讲究的牛皮纸护封,欣赏着它们那别致的镂空的时候,我在想,生活的乐趣与享受,有时候真的是莫过于此啊。

博客于我,已经渐渐从几日记到一周记,进而成为"月记"了。这不,似乎也就是转眼之间,整整一个月过去了,除了微博上有那么一些只言片语,博客上一片静寂,偶尔打开,有些空空的感觉。也曾想过,就此罢手算了,因为没有时间,没有精力,有些事不好说,有些事不能说等等都是这个博客难以为继的理由。但舍不得,就像生活,舍不得放手,再多的理由,都不能让我停下记录和写作。

于是,在这个不算很热、没有任何外务和应酬、精力很好、情绪不错的晚上,电脑前坐定,开始写这篇《随便聊聊》。

其实这一个月中间,围绕着文字,还是做了一些事情的,最值得一提的是把《享受合肥方言》的书稿交给了出版社。虽然还有一些善后的事情要做,但基本上算是了了一桩心事。尽管是"享受",但还是吃了一些"苦"的,好在总算是把它做得有些像模像样了,想着来日花钱买它的读者不会感到太失望,心里好受许多。

还有一件事情就是买书,集中地买了一大批书,按码洋计算,少说也得有个两三千元。这都是些好东西啊,但偏偏被那些不靠谱的人甩破烂似的给贱卖了。这个时候不出手,于情于理都是太不应该了。那天,在整理莫言、毕飞宇、王小波、周国平等人的作品集的时候,我在想,这些可都是我的寄托和依靠啊,哪天空虚了、寂寞了,和他们聊聊,没准心情就会一下子好起来的。

当然,我这么做这么想,是从一个读书人、爱书人的角度出发的。回到一个卖书人的位置,我整天面对的,就是来自方方面面的压力,四牌楼书店拆掉了,三孝口书店关门装修了,所有的人——与书店、图书及其衍生品有着各种各样关系的人,都来到了书城,他们有的是要获取他们所需的图书,有的是要获取他们所需的利益,而这林林总总的需求,都需要寻找一个支点,而我恰恰处于这个支点当中,推不掉,更躲不掉。

当忙忙碌碌成为一种常态的时候,当种种应酬致使人疲惫乃至麻木的时候,人的神经与肉体都面临着一种考验甚至挑战。关于应酬,我在这一个月里的最高纪录是连续8晚在推杯换盏中度过,所幸我终于在"健康被警告"的紧要关头踩了刹车,因为我知道再这样下去,我又将会面临被"修理"甚至"大修"。但好笑的是,第9天的晚上我依然没有能够在家里吃饭,一家人陪着刚刚参加完高考的侄女去快餐店搓了一顿。

当然,忙里偷闲的时候也是有的。一个周日,我带着老婆孩子,随便走走,随意吃吃,然后,去超市逛逛,买一些想买却不是很实用的东西。最后,我们在一间门脸很小的服装店里,因为某种同情和恻隐之心,买了一件衣裳,收到真诚的谢谢,脚步很轻盈,心里很轻松,大家感觉都是相当地好。

三句不离本行,最后还是说一说书,有一套书,共10本,几个月前,当我偶然间得到它们中的一本的时候,就想着,有机会一定收集一套。这不,想着想着机会就来了,前几天当它们陆陆续续来到我的手中的时候,当我翻看着它们精致的彩印内芯,当我面对着它们绚烂华丽的封面,特别是当我摩挲着它们那挺括、讲究的牛皮纸护封,欣赏着它们那别致的镂空的时候,我在想,生活的乐趣与享受,有时候真的是莫过于此啊。

2012年06月

去了一趟苏州

许多事情就是这样,你做不好、做不了,别人做成了、做好了,难免会有些不理解、不相信。但没办法,同样是人,同在一个国度,因为这样那样的原因,就是不能够处在同一个平台。

昨天,驱车400余公里,去苏州看望一位刚刚出生的小男孩以及他的母亲。前天傍晚,当我在第一时间得知他降生的消息后,当即决定趁着双休日的空闲,去苏州看望大哥一家。昨天是近期难得一见的晴天,一大早,一家三口收拾整齐,登上朋友W的车子,一行4人开始一次轻松而又辛苦的苏州之旅。

之所以说"轻松而又辛苦",是因为"轻松"是显而易见的;而"辛苦"则完全是由于我的大意与疏忽。还是在去年,在我计划去苏州看望怀孕的侄女的时候,曾经在网上查过资料,"2小时路程"给我留下了很深的印象,所以才决定这次开车去。直到出发前,我才发现自己错了,2小时是按动车的速度计算的。

好在我对路线很熟悉,加之一路高速,除了时间长一些,人辛苦一些之外，一路上可谓顺风顺水。中午到达医院后，见到了小不点儿，领受了他的"待理不理"与时不时把一只眼睛眯成一条缝的风采。不过，这小子还挺有镜头感的，当我抱着他照相的时候，他恰到好处地眯了一下小眼睛，引来一阵惊喜。

"隆重而又简朴"的见面仪式结束后，我们便离开了，开始苏州之行的其他行程。尽管苏州声名远扬，我们也是仰慕已久，但还是第一回真正走进苏州。我们不知道会看到些什么，我们以为她大概会和其他的城市一样，会和我们所居住的城市一样，越来越少的个性，越来越多的相像，但是我们错了。

苏州真是太美了，太精致了。走在苏州的马路上，无论是工业园区还是老城区，无处不显露出品味与精细。特别让人震撼的是：现代、宽阔的道路中间竟然会有一条小河，河的两岸竟然会有那么多盆景般高低错落的植物。更让人叫绝的是，那一道道跨河的小桥，那般地精巧，那般地赏心悦目，是的，赏心悦目。

一路看过去，心中有着越来越多的疑问：怎么会到处那么地干净，干净到几乎是一尘不染？那一个个公交车站怎么会设计成一座座秀美的亭子，亭子里居然还挂着一幅幅字画？另外，怎么会没有"牛皮癣"小广告的踪迹？怎么会没有乱刻乱画？怎么不把老城区里的道路拓宽一些？怎么也不把那些老楼房变得高一些？

实际上,关于苏州的不少疑问,已经事先从媒体知道了答案,但真的去了,亲眼见到、亲身经历了,还是感觉有些不可思议。许多事情就是这样,你做不好、做不了,别人做成了、做好了,自己难免会有些不理解、不相信。

我们去了拙政园。虽然是早春,属于旅游淡季,但园里已是游人如织。一座历经500余年沧桑的园林,还能够引发人们如许的追捧,可见其还是有着独特内涵与魅力的。园外也有条商业街,但没有其他地方的那种嘈杂,也不似其他地方那么多同质化经营,大家都是安稳地做着自己的一份生意,散散地看去,又是一番风景。

离开苏州的时候,我们去了一座大超市,买了些地方特产,发现价格也不是太高,有些蔬菜价格甚至比合肥还要低一些,联想到大哥说的一些话,感觉苏州的生活环境还是很不错的。比如乘公交车,持卡者可以享受6折的优惠,如果居民花上20元钱办一张自行车使用卡,便可以免费使用由市政当局购置的自行车。

免费骑车这件事很让我感兴趣,所以便问了个仔细。结果让我大呼意外。因为持卡者不但可以免费骑车,还可以在许多存取点随意借取和归还,整个过程全部是电脑控制、自助进行。有一个机构专门负责管理、维护、调度自行车,具体地说,就是有人监控,有人维修、充气、擦车,有人调度各存取点车辆以保持均衡。

但是我还是有疑问:如果有人借了不还怎么办?如果有人长期霸占怎么办?大哥笑了笑说,对此人家也是自有一套,居民使用每辆自行车的时间不得超过一个半小时,过时就会被扣除20分的诚信分,扣满5次成了"零汤团",再使用就需要重新办卡。因此,临近时限,市民可以在附近站点先还再借。你别说这招还真挺管用的。

其实,对于在苏州是否真的可以很方便租借自行车这件事,我还是有些疑问的。可上网查了查,还真是如此,只不过大哥说的是工业园区的规定,市区里要严格一些,居民办证时要缴200元押金购买100元的储值卡,使用时间为1小时,过时每小时扣1元。至于户口非本地居民和游客,则多缴100元的押金即可,这真是一件好事。

我还会去苏州的,到处转转看看,体味一番江南风光与文化。同时一定会去办一张自行车租借卡,感受一下高福利社会的便利与优越。当然,也许不久,咱们合肥也会有这个新鲜玩意儿,那么,不愿意开车乘车的人可就方便多了,出门打车、乘车没有出门骑车新潮、时尚也未可知。从现在开始,我期待!

2012年03月

生命中的树

尊重生命,敬畏自然,与世间万物和谐相处,应该是我们了然于胸的道理,但却常常被许多人忘却。麻木与功利,制造出的,是一个个心态畸形的被称为"人"的生物。

在我们的生命中,除了包括亲人在内的许许多多的人,还包括树木在内的许许多多的物,我们与它们之间,有着千丝万缕的联系,甚至是有着患难与共的情感。

小时候,除了大马路两旁的树是正儿八经地栽着的,其他的似乎都是野生的,它们自生自灭。那时候,我们家住在三孝口附近的小马场巷,我们家所在的那个院子里,就长着一棵颇有些文人风范的白杨树,笔直的树干,繁茂的树冠,一眼望去,有一种让人眼前一亮的感觉。夏天乘凉的时候,我最盼的,就是白杨树吹来的风,它那一片片不大的树叶发出的沙沙的声音,简直就是人世间最美好的音乐。

当我已经长成一个少年的时候,我又一次与白杨树相遇,同时领略到它强大的生命力。准确地讲,它们不能够被称为白杨树,因为只是几根从白杨树上砍下来的半粗的树干,而且还被锯成了好几节,然后钉在了院子一角的地上,护卫着一个一半埋在土里的大水缸。初春的一天,我突然发现,那一圈小树桩们,竟然齐刷刷地长出了嫩绿的芽,并且它们很快就长成了一棵棵像模像样的小白杨。真是很新奇、让人兴奋,让我们平淡无味的生活里一下子多出了不少的色彩和乐趣。

很多年后,当我经历着人生的一次大的考验的时候,在北方举目无亲的一个小旅馆边,意外地发现了一棵高大挺拔的白杨树,这让我有了一种遇见了亲人的感觉,每天进进出出,只要是看见它或者是听到他的树叶发出沙沙的声音,一种在家里的感觉会让自己焦虑的心情和疲惫的身体变得轻松一些。

我曾经在一篇文章里用很长的篇幅,讲述了我们一家人是如何排除一切干扰,拯救了一棵被折断了主干的楮树的生命,并且一直护佑着弱小的它,直到它康复成长起来。如今,这棵楮树已经长成参天大树,成为那个破旧小区中的一道风景,但我依然有些担忧,因为总有一些人,常常会因为一丁点的由头,便毫无顾忌地毁掉一棵大树、一片植物。全然不觉那也是一个个生命体,是陪伴、呵护我们生活乃至生命的伙伴。

尊重生命,敬畏自然,与世间万物和谐相处,应该是我们了然于胸的道理,但却常常被许多人忘却。麻木与功利,制造出

的，是一个个心态畸形的被称为"人"的生物。

不可否认，当绿色已经充溢我们生活的角角落落、绿树遍布我们的房前屋后的时候，我们对于树木的感觉似乎没有那么强烈了。我们与它们之间的距离很近，但感觉却很远，平静乃至平淡的生活里，很少有波澜，更缺乏遭遇和故事，一如我们的人生，看似精彩，实际上是机械地运转，无奈地复制，细节与情趣，被忽视和丢弃得差不多了。唯有记忆中的树，还会时常闯进我们的回忆中，在我们的心头荡起一圈圈的涟漪。

2012 年 11 月

想起了向日葵

其实，向日葵就是一种普普通通的一年生的草本植物，春天发芽长大，秋天结子然后枯去，成为百姓灶间的柴火。忠心耿耿呀，价值连城呀，都是人们的附会与联想。

晚间看电视，见到满画面的向日葵，炫目饱满，不由得记起关于向日葵的一些事。

向日葵应该属于草本植物，对于我们人类来说，其种子被唤做"葵花籽"，可以直接吃，也可以榨油。照说向日葵应该是一种很普通的植物，但实际上，在中国，许多年间，向日葵是一种极富象征意义的东西，因为它有着花盘始终随着太阳转的特性，便被用来比喻跟着伟大革命领袖的人民。

在那样一个年代，报纸上、宣传栏上、书本上，到处都是向日葵的身影，人们很认真仔细地用彩纸和金色纸条做着大大小小、精致好看的向日葵，然后捧着它，在舞台上、在街头巷尾的活报剧里，不厌其烦地转着一个又一个的圈儿，演绎着"万物生长靠太阳"。

学校里也是如此。在我小的时候,向日葵是美术课上必画的素材,画线,然后着色,认认真真,一丝不苟。也画许多颗向日葵,在一张纸的右下侧,而在纸的左上侧,一定是一个又大又红、闪着金光的太阳。

那时候,家里也种过向日葵的,只有几棵,在院子的某个角落。从它发芽,到长大开花,我和一帮小伙伴天天念叨着,它到底哪一天可以结出又大又饱的籽。要知道,在那样一个时代,吃葵花籽也是一种极大的享受啊。

想来自己小时候估计是饿坏了,只惦记着吃了。根本想不到问一个为什么,为什么向日葵总围绕着太阳转?但在海峡的另一边,有一个人不但发问,而且还动手做了个实验:他用一根木棍将向日葵的花盘固定住,让它总是昂首向着天空。收获的季节到了,其他向日葵都是满花盘的籽,唯有那个整天承受着阳光雨露的向日葵收获的是一汪乌黑的臭水,弄得那个叫刘墉的年轻人浑身脏兮兮臭烘烘。许多年后,当已经是著名作家的刘墉在安徽大学又一次讲起这个故事的时候,一个不到6岁的男孩坐在讲台的地板上笑得前仰后合,那孩子就是我的儿子,算起来,十四五年过去了。

让我对向日葵刮目相看的,是这个极普通的、甚至算不上真正意义上"花"的向日葵,居然成为世界上最昂贵的绘画作品的主角。一幅《向日葵》,让那个有些特别、另类的荷兰人身后的名声窜到一个不可企及的地位,也让向日葵的形象成为一种象征与符号。

其实,向日葵就是一种普普通通的一年生的草本植物,春天发芽长大,秋天结子然后枯去,成为百姓灶间的柴火。忠心耿耿呀,价值连城呀,都是人们的附会与联想。你重视它,它是向日葵,你忘了它,它还是向日葵。就像我今天突然又想起了它和有关它的一些记忆,都是在我的心中某个角落的往事,与它其实一点关系也没有。

2011 年 06 月

挥一挥手,作别2012

此刻,闭上眼,岁末的阳光照在脸上,虽然没有多少暖意,但感觉很好。一年又一年,忙忙碌碌;一年又一年,平平安安。人生若此,夫复何求?

还有一天,2012年就要过去了,岁末的感慨与空虚又一次将我严严地罩住,同时,心底深处的那一丝时隐时现的伤感,让人变得很沉闷。

其实2012年对我来说是很特别的年份,总体来说过得还是很不错的。我享受过意外的惊喜,也享受过意外的窃喜;收获了实实在在的东西,也收获了一些无形的财富。当然,辛苦是一定的,繁杂也是一定的,并且很多时候很密集。

工作上的事不想多说,很好的业绩背后,有着各种各样的原因。销售继续攀升,损耗继续下降,并且都是新的纪录,很难得。这样的结果,没有大家的坚持与努力、坚守与付出,是不可能得到的。

装修了一套房子,这是一件大事,一丝不苟、力求合意。人并不是很累,这得益于心态和施工方的友善。我用于此的时间不多,但每个环节,每个细节,桩桩件件,点点滴滴,都还是力求最好,现在看来,效果还是不错的。花费了许多的精力、时间和钞票后,能够有一个比较满意的效果,自然是开心和舒心。

出了几趟远门,北京、南京、苏州、武汉、长沙、张家界,最后,是西欧。除去苏州那次,其余都是因为工作,考察、学习、参加书展,比如10月份的欧洲十日,就是奔着德国法兰克福书展去的,一路走下来,经过法国、瑞士、意大利,逛了不少书店,也看了不少风景,开了眼界,长了见识。

2012年,我有过很长一段时间的迷失,在一些应酬与角逐中放纵了自己,争强好胜,欲罢不能,因为在诸多付出的同时,没有得到应有的乐趣与理解,于是觉得无趣,于是退出,休养身心,重归平静。

很多的"理由",将原本应该在今年出版的两本书给耽误了。其实我心里明白,那些个"理由"都是自己给自己铺设的台阶,根本的原因在于自己缺乏定力,常常是庸人自扰、随波逐流,静不下来,更坐不下来。心不静,时间自然就不会属于你,它们绕着圈走了。

当然,没有做不等于没有收获,书没有出来,人却变得谨慎与清醒,文字、架构、细节等方方面面的许多问题,印证着老父亲

总在说的"慢一点（不要慌着出书）"是多么的正确。

尽管丢了2把不错的伞，没有写出一篇像样的文章，开了1次小刀，经历了2次不大不小的考验，但平心而论，即将过去的2012年应该还是很不错的。父母安康，阖家和顺，家族更有新一代人的出生，如此，还有什么话可以讲，能够拥有这样的日子，的确是上苍的恩赐，珍惜，享受，感恩。

此刻，闭上眼，岁末的阳光照在脸上，虽然没有多少暖意，但感觉很好。一年又一年，忙忙碌碌；一年又一年，平平安安。人生若此，夫复何求？

2012年12月

用脚步去丈量距离

天完全黑了下来,天空中的星光与地面上的灯光交映着,我自信满满地踏上回家的路途,完全忘记了自己是乘车过来的,面对一片完全陌生的土地,我根本没有考虑路径,因为我心中有一个大方向,向南,一直走。

没有去之前,我对那个方向的一切没有一丝概念,而去了之后,则将脑海中几个路名和地名串了起来:北二环、大房郢水库、"某某城"(此次北城之行就是因为一项活动),概念清晰了,便少了几分陌生,进入的步伐不由得轻盈起来。

那是一个楼盘,或者说是一个小区,因为它里面很大一部分已经有居民入住,车来人往,颇有些热闹。这样的场面让我有些诧异,毕竟在我印象中是很远很远的地方,竟然会是如此一番景象,可见我们的城市扩展得是如此之快、之大。

因为有着铁路方面的背景,又有着一帮方向明确,同时又很有感觉的人在操持,所以效果自然不同凡响。在几年前,拿下这么一大块地,是需要魄力和眼光的;规划好、建设好、掌握住节奏,是需要谋略和定力的。感受到现在的人气,才能明白为什么他们可以如此慢悠悠地整出来另一块清雅大气、高低错落的二期(抑或三期)。

看了样板房,我才明白大房郢水库与这个楼盘的确是不可分的,或者说这个楼盘将大房郢水库化作了自己的背景和底色。在那里,北窗外的风光远比南边的阳光更有魅力与味道。

倚窗北望,大房郢水库像一幅画,唯美而飘逸,于是我便有一种冲动:将样板房书房的桌子调个方向,面北而坐,让自然的美景作为电脑显示屏的衬托,让那一大片水面滋养着我的眼睛。

拥有一座"楼上楼下"的房子是我的一个埋藏得很深的梦想,在那里,我的这个梦想被狠狠地刺痛了一下,因为我看到的,是超出我梦想很多很多的一个真实情境。那应该是楼盘中最奢华的户型,那种超大的构造与设置,让我不禁在想:谁住?怎么住?

纠结只是一小会儿,因为我知道,这是别人的梦。我真正的心思还是在"距离"上,楼盘是很好,甚至是很不错,但是也的确太远了,但到底有多远,我不清楚。于是,在启程离开的时候,我决定步行返回我位于南一环外的家。

天完全黑了下来,天空中的星光与地面上的灯光交映着,我自信满满地踏上回家的路途,完全忘记了自己是乘车过来的,面对一片完全陌生的土地,我根本没有考虑路径,因为我心中有一个大方向,向南,一直走。

从了无一人、静美无比的沿河路,转入我很熟悉的肥西路后,我才发现,肥西路竟是如此之长,并且被一道栅栏和一条河流隔断开来,而我艰难而悠长的迂回也正是源于它们,当我从人行天桥上走过的时候,我想,这儿应该有一座立交桥;当我从那条河流(应该是南淝河)边无奈折返的时候,不甘心地琢磨着,还需要多少天,眼前这座正在建设的大桥就会通车。

绕来绕去,我竟然绕到了西一环,然后再绕回去,继续沿着肥西路的走向,向南边走着。

到达三孝口的时候,应该过了一个半小时了;到家的时候,则超过了两个小时。在有些疲惫更有些兴奋的状态下,我回味了一下这一段不算太近的路程:如果河上的那座桥通了,我该少走多少路?如果立交桥建起来了,开车的人又会少走多少路?而到那个时候,大房郢水库就不再是一个遥远的美景,而这个楼盘(小区),也不会再与"远"和"偏"这样的词汇联系在一起,更何况未来的城市应该是有多个中心,这其中一定会有北城中心。而随着这一切变为现实,我这一路用脚步丈量出来的路程最终会缩短成我步行的一半距离。

没有去之前,我对那个方向的一切没有概念,而去了之后,那儿的一切已经印刻在我的脑海里了。初秋的夜晚,用脚步去丈量距离,踏实而轻快。

不和自己过不去

做父母的或许都是这样吧,虽然都知道自己的孩子是怎样的一个水平,在未来的大考中会处于怎样的一个层次,但依然会在心中存着不可遏制的企望,依然会暗自期待着某种奇迹的出现,而这样的"奇迹",一定是超出孩子现状许多。而因为这,他们亢奋又发虚,孩子也会受到某种强烈的暗示和压力。

想通了，也就明白了

生活中，我们的确还是要往宽里想，如果总是无谓地盯着那些"想不明白，说不清楚"的事情，而不是采取一些有效的办法，或者尝试着适当地自我调解和发泄，那结果只能是庸人自扰，既不合算，也没有必要。

生活中想不明白、说不清楚的事情不少，照说，这样的事情就应该不去理会，但现实是，它们往往总会出现在你的眼前、身边，让你有种躲不掉的感觉。

小区里原本有一个幼儿园，几年前不办了，去年开始变身为一所培训幼师的学校，早早晚晚的嘈杂自不在话下，让人头疼的是：每天中午，当你吃完饭，昏昏欲睡的时候，那魔咒般的琴声就会准时响起。

自然不是那种悦耳的琴声，而是一个键一个键地按下去，不是连贯不起来就是忘了轻重，生硬、机械，如此许多遍之后，终于有几节或者一段能够勉强连起来了，又要继续着生硬、机械……

烦,是因为它总是在不合适的时候响起,总是没完没了。躺在床上,身体和耳膜同时感受着噪音一般的"音乐",总觉得心里窝着一团火,好在种种的怨恨没有让我失去最后的理智和忍耐,不然,又要冲过去理论一番。

许是上了一些年纪,遇着事情会习惯性地多角度地去想一想,结果,这一想想得我心里是五味杂陈。我知道,这些利用中午时间练琴的女孩,应该都是些刻苦、上进的孩子,她们为了将来的工作,为了结业时的考试,只有一遍一遍反复地练着。她们或许从来都没有碰过那种叫风琴的乐器,她们也没有机会接触到乐谱一类的东西,但当这一切即将成为她们谋生的手段的时候,她们只有、也必须去努力练习和掌握。如果她们是我的孩子,我会感到欣慰和心疼的,能够用休息和娱乐的时间来练琴,这样的孩子是懂事和用功的。即便不是她们的长辈,我们也应该是以一种欣赏和理解的态度去对待她们。可问题是:她们就在跟前,而且天天都在那儿,一到午休的时候,那恼人的琴声就会没完没了地响在耳边。

问题就这样出现了,让人有气却又找不到一个发泄的渠道,当然,我和邻居们最终选择的是忍耐,因为觉得去责怪和阻止那些孩子是不合适的,错不在这些半大的孩子们。问题的关键是,这样一所培训学校压根就不应该出现在小区里。可它为什么就出现了呢?这座建筑的产权单位就是街道啊,他们难道就不清楚、没有想到吗?这么一琢磨,我感觉自己刚刚清楚的思路又乱了起来。

其实,在这个不大的小区里,这样的事情还真的不少,比如有人在小区里开了一家游戏室,室外摆了一张桌球台,白天或者夜晚,小区里的民工下班后,就会聚在那儿,饶有兴致地玩着,高兴的时候,会发出阵阵笑声。这件事往大的讲,是有利于丰富民工的业余生活,对于社会的稳定也有益处,可如果这游戏室就在你家的楼下,台球桌就摆在你家的窗户底下,你还会理解和支持吗?当你很晚很晚、甚至整夜整夜被吵得睡不着觉的时候,你会想,问题究竟出在哪里?那些小区的直接管理者,怎么就能够允许这样的现象出现在他们的眼皮底下,并且还能够心安理得地收着属于他们的那一份份各种名目的钱。

不明白,真的是想不明白,也真的是说不清楚。糟糕的是,我们每天就生活在这样的环境中,尽管你想不明白、说不清楚,但你还得去面对,还得去忍受,这样的感觉,实在是太糟,这样的日子,自然也就好不到哪里去。

不过,感慨归感慨,还是要想开,虽然很烦恼,但我清楚,它并不是生活的全部。我不是想为这篇短文续一个光明的尾巴,生活中,我们的确还是要往宽里想,如果总是无谓地盯着那些

"想不明白,说不清楚"的事情,而不是采取一些有效的办法,或者尝试着适当地自我调解和发泄,那结果只能是庸人自扰,既不合算,也没有必要。因为生活原本就不可能是一潭静水,生活也不可能会依着谁的一厢情愿运转,想通了,也就明白了。

2009 年 05 月

不和自己过不去

这是一段人生,是一种体验,躲不过去的,就去面对和承受。不是想通了,而是在这样的时刻,唯有这样想,只能这样想,否则,那真是和自己过不去。

怎么也睡不着了。

依着性格,我不管是几点,睡不着便起来。四周静静地,独坐在客厅的沙发上,很茫然,心里总是有些空的感觉,所谓的"忐忑"或许便是如此吧。手机上的日期又是一天了,距离那个让人期待又不安的日子还有正好一个月的时间,30天的倒计时,太近了,近得让人有些惶惶不安。

儿子的状况实在让人担心,感觉他始终没有进入应有的状态,依然是那么漫不经心,依然是那么不稳定。他也在看书,似乎还比以前安静了一些,但成绩却很无情,从一模到三模,中考时一步步上升的"传奇"没有重演,关键时刻的一个小插曲将他的成绩又拉回了起点。尽管我很明白,却再也抑制不住地灰心和焦虑。

做父母的或许都是这样吧,虽然都知道自己的孩子是怎样的一个水平,在未来的大考中会处于怎样的一个层次,但依然会在心中存着不可遏制的企望,依然会暗自期待着某种奇迹的出现,而这样的"奇迹",一定超出孩子现状许多。而因为这,他们亢奋又发虚,孩子也会受到某种强烈的暗示和压力。

其实也是对的,比较差的想好一些,好的想得更好一些,人之常情。但现实摆在那儿,肯定只有少数人才能有一个很好的结果,大多数人或是勉强有个出路,或者,就此止步。当然,比起过去,比起我们当年,儿子他们要幸运得多。但和国外甚至港台地区相比,又会有很大的心理落差。儿子曾经对我说,他要是在比利时参加高考就好了,因为比利时的高考考生可以任选3门功课。我嘲笑儿子是妄想,因为我知道,在文理各科中,他可以很轻松地挑出3门他十拿九稳的功课,然后,取得一个接近满分的成绩。但他就没有想到,你有你的一手,难道人家就没有了吗?录取率放在那里,结果还是那么一个"量"。再说,如果真是那样,自己好了,对于其他一些孩子来说又未免有失公平。

总有让我心存侥幸、暗藏一些希望的亮点,又总有让我失望、发愁的地方,鲜明、刺激。儿子的现状总是这样,而且似乎是如何努力都无法改变。这对于做父母的来说,简直就是一种

折磨。

煎熬,我感觉越来越迫近的高考对于我们这些做父母的来说,是一种煎熬。有时候,我想,无论是怎样的一种结果,赶快让它结束吧,总处于这种高压力、不确定的状态,实在是一件痛苦的事。孩子的心情或许也是一样的。

实际上,对于儿子高考这件事,我在初春写的一篇文章里讲得很清楚:"又是一年,又是一个很有意义的一年,又是一个很不轻松的一年。而重中之重,是帮助儿子完成他的成人礼。从年龄上,随着18岁生日的到来,他将进入成人的行列,有所变化,有所承担。从学业上来说,也是一个结束与开始,至于能够有一个怎样的'开始',我觉得我是想好了:接受一切结果。因为我的儿子并不是一个安于现状、随着大流走的孩子,他始终觉得他的主张、方法和途径是正确的,作为父亲,我还是愿意他按照大家的样子去做,但又不想去强求他。更为准确的表述是:我不能够,也不敢让他感觉很受委屈,他是那样地不容易、那样地不简单。对于一个闯过生死关的孩子,一切有些不同也是常理之中的事情,更何况,未来到底会是怎样的,是谁也说不清楚的。"

当时,我应该是想清楚了,并在心里也做好了准备,但到了真的要面对的时候,我感觉自己还是有些发虚、发慌,还是会在熟睡中因心悸而醒来。

  其实没有什么好办法,无论如何都是要面对和经历的,该调整的依然要调整,比如孩子的状态,比如父母的心态;该做的也依然要去做好,比如功课的最后突击,比如营养可口的一日三餐。这是一段人生,是一种体验,躲不过去的,就去面对和承受。不是想通了,而是在这样的时刻,唯有这样想,只能这样想,否则,那真是和自己过不去。

2009 年 05 月

有关生命的成本计算

从生命的投入和浪费到生命的放松和拓展,在出行方式的改变中得以实现。看似这真是再简单不过的一件事,但仔细琢磨一番,似乎又不是那么简单,这里面还有个观念和毅力问题。

有时候城市大了,个人住房条件改善了,也意味着工作成本在加大,因为要在路途上付出更多的时间。这是一种必须,也是一种无奈。

当然,我们可以开车,可以骑车,可以坐车,但仅仅可以很有限地减少工作成本,因为城市道路总是在堵着,越近市区越是这样,越是上下班的时候也越是这样。与此同时,金钱成本在加大。自从我搬得稍微远一些后,这种感觉愈加强烈起来。

于是我又想到了步行,可尽管是避免了被堵在公交车上时的焦躁和烦恼,但一趟需要50分钟,如果一天两趟(中午不具备步行条件,所以仍旧乘车来回),就是1个小时40分钟的时间成本,委实让人忽视不得。在每天4趟原本两个小时的路途时间上多了40分钟,的确是个不小的的改变,它意味着我每天必须有九分之一的时间花在上班的路途上,比较起原先十二分之一,是个不小的增加和付出。

这时候就有个有关生命的成本计算的问题。因为当我把一早一晚的上下班路途时间看做是一种放松和锻炼的时候,我工作的时间成本就减少了1个小时(也就是2趟的乘车时间),而放松和锻炼则有了100分钟(1小时40分钟),这不仅是1小时的加减,因为如果没有1小时的乘车改步行,就不会有后来增加的40分钟。

把话说得简单一些,就是,每天上下班路程多付出40分钟,则赢得1小时40分钟的放松和锻炼的时间。而我们每天的24小时里,往往是没有这样的时间安排的,我们太忙太累太浮躁了。

行走,是一种积极的生命状态,是把被剥夺的时间又掌握在自己手中的一个过程,乘车时的种种被动(包括时间掌控上的被动,车上肢体姿势的被动,个人财物安全上的被动等)都不复存在。最忍受不了的是车子被堵在路上时的那种无可奈何,以及眼睁睁地看着本来还很宽裕的时间一分一秒地过去,直至你从感到有些来不及到肯定要迟到时的一点脾气也没有,这些都已成了过去式。

更为重要的是一种感觉的改变。自我放松身心、放开手脚，自由自在地走在朝阳里或者晚霞中，看着路边的花草树木和房屋建筑，看着迎面而来的男男女女，真是有着说不出的惬意。时间上的自由发挥、自我掌控，更是将自我释放到一个理想的状态。间或还可以想想心事，或是触景生情，或是由人及己、由己及人，或者干脆是毫无章法、兴致所及。那是一种质的变化，一种对自我最贴心的理解和呵护。从生命的投入和浪费到生命的放松和拓展，在出行方式的改变中得以实现。

看似这真是再简单不过的一件事，但仔细琢磨一番，似乎又不是那么简单，这里面还有个观念和毅力问题。有想法还得愿意去做、坚持去做，不觉得是被迫和无奈，不觉得是辛苦和受罪，真正地喜欢，欣然去实施，然后收获和享受它们带来的成果：身轻、体健、神清气爽。

如果从金钱的角度衡量得失，那么一定又是另一种思维和结果。

由此我想到了钓鱼，作为一个门外汉和旁观者，我一直不能理解一个人为什么热衷于花那么多的时间去换得那或多或少的鱼。在我看来，长时间地枯坐在水边，盯着一条若有若无的渔线，实在是一件很无趣、很得不偿失的事情。但渐渐地，我发现，那鱼儿其实只是个副产品，垂钓者们追求的，是一种乐趣乃至境界。在这里,同样有一个成本计算,眼中有鱼者与眼中无鱼者,会列出不同的等式,得到不同的结果,感觉与心境自然也是大相径庭。

当一种无奈和枯燥的状态被另一种自主的有意义或有意思的状态填充和更改的时候,生命就会因此发生改变,真是很简单、很神奇。

天气凉下来之后,正是步行的好时机,因为一种理解的确立,因为一种理念的形成,走起路来自然更是身轻如燕,脚下生风,工作与生活两个截然不同的人生状态之间,有了这么一个优美流畅的过渡,显然是少了许多反差和失落。

这真是一件让人舒心的事情。

2009 年 10 月

假币带来的懊糟

有些事,看上去很简单,实际上很复杂,牵涉到这个社会的方方面面,只能祈祷别让自己遇上了,万一遇上了,并且既不愿去顺从它,又没有能力去改变它,那么,只好自认倒霉。

收了一张100元的假币,除了后悔自己没有使用验钞机之外,找不到一个明确的出气对象,也是妻子感觉懊糟的原因。

"为什么不使用验钞机?"

"因为是老病号,很熟悉了。"

"你怎么知道就是他的呢?"

"他是因为严重的肾病,需要做腹膜透析,过一段时间就要拿一次药,每次都要花好几千。这次他缴了六千,理得整整齐齐的,我点过数后就放在一边,一会儿银行来人收钱,原封不动地拿过去,一上验钞机就发现一张假钞。"

"你觉得是他有意的吗?把钱理得整整齐齐的。"

"不可能。他每次都是从银行取出钱来,理得整整齐齐带过来，不可能是他有意的，也许是从银行取出来时就有一张假钞。"

晚上下班回来，妻子很沮丧地告诉我她今天上班时收了一张假100元，我在宽慰了她几句后，忍不住发出一连串的问题。因为在我看来，收了一笔六千元款而不用验钞机，作为一名"老同志"，实在是有悖常理，更何况她在点数时就已经发现一张100元的颜色有些不对。但妻子说，最主要是因为是老病人了，一直相处得很好，没想到会有这样的情况。在妻子看来，只可能是银行搞错了。

妻子是个热心而善良的人，在医院工作这么多年，无论是在哪个岗位，都挺有人缘，也有几个病人朋友。在门诊收费，因为她的耐心、仔细，自然也有一批较为固定的缴费病人。有些病人，每次缴费时还要和她聊上几句，一来二往地，就熟了，有些甚至还成为朋友。今天这位病人虽然称不上是朋友，但也已经很熟了，不然的话，妻子也不会让他先欠几百元钱，过后取钱再还上。

我对妻子说："既然如此，那你下次见到他就不要提这件事了。"

"那是自然的，不过，我挺后悔，如果我当时用了验钞机，他就可以拿着那张假100元去找银行了。"妻子很认真地说着。

我感到有些好笑:"你怎么就一定认为假钞是从银行里出来的呢?各种可能都是存在的,事情既然已经是这样了,就不要再去想它了。"我有些不耐烦地说。

"好的",妻子有些不好意思,但接着她又说:"那些制假用假者实在是太可恶了,今天若不是我大意了,那他(指病人)可就要损失100元钱了,人家可是个病人啊,为看病已经花了很多的钱,对于他来说,这不仅仅是100元钱,是雪上加霜呀,精神上的打击兴许会更大一些,真是作孽。"

"是呀,想一想这假币落到咱们手里或许是一个比较好的结果。"我有些语无伦次地安慰着妻子。

妻子显然是明白我的意思的,点了点头,转身做事去了。我松了一口气,觉得如果再在这件事上纠缠下去,不但不会有什么结果,而且还会很累。有些事,看上去很简单,实际上很复杂,牵涉到这个社会的方方面面,只能祈祷别让自己遇上了,万一遇上了,并且既不愿去顺从它(比如把收到的假币再花出去),又没有能力去改变它(制止不了"制假用假"的现象),那么,只好自认倒霉!

正想着,又听到妻子在厨房发出一声轻轻的叹息,我有些无奈地摇了摇头,看来她还在懊糟。

2007年01月

一双盯着你的眼睛

人生在世,的确应当把握住自己,什么应当坚持,什么应当摈弃,心中应该有一杆秤,在有些事情上,千万不要心存侥幸,因为所谓的"侥幸"后面,一定会有双眼睛在盯着你。

听朋友讲了一个故事,是有关他的朋友的一次购物经历,让我心中颇不平静。其中有着贪念、侥幸、恐惧、善良、恻隐、机会,等等,引发我一连串的假设与思考。

暑假,他带儿子去购物(或者是买书),商场在做活动,购物赠彩票,即开型的。付完款之后,他让儿子拿着发票去兑彩票(或是领了彩票后让儿子在那儿刮)。儿子一个人去了,他则一边装东西一边看着儿子。他的本意是观察儿子是否可以独自做好这件事,但却发现一个他意想不到的情形。他看到儿子从"他"(商场工作人员)的手中得到好几张彩票,在"他"的指导下,儿子很认真地刮了彩票,看了看,显然是没弄明白,便把彩票交给"他","他"拿过去看了看,说了句话(他感觉"他"是说

"没有",后来这个猜测被儿子证实),然后将彩票收了下去。也该是这件事瞒不过他,因为从侧面他发现"他"在将彩票扔进废纸篓之前做了一个动作:撕下一张,放进抽屉里。

他走了过去,问:"那张彩票是怎么一回事?""他"的脸立刻变了颜色。他接过"他"颤抖着拿出来的那张彩票,发现原本属于他们的那张彩票不但有奖,而且是 70 元。他熟悉这种彩票,知道这种小面值的彩票能够中 70 元是很不容易的,他心里一下子腾起一股怒火,依着平时火爆的脾气,他一定会大声表达出他的愤怒。但当他抬起头,看到年纪轻轻的"他"整个人都在颤抖,他犹豫了一下,一言未发,把彩票递给"他",然后,接过 70 元奖金,带着儿子离开了。

儿子显然也很生气,因为明白了那个叔叔骗了他,而他之前根本没有想到工作人员会骗他。当儿子几乎是以质问的口气问父亲,为什么要放过"他",父亲看了看他,只说了一句话:"你看他抖成那样。"

故事讲完了,我的思绪仍在继续:"他"为什么会这样做,一贯如此还是一念之差?关于这一点,我和朋友感觉应该是后者,因为"他"在事情败露后浑身颤抖。那么他又为什么会放过"他"呢?显然,生性刚烈的他是动了恻隐之心,看出了"他"的恐惧。他的沉默不但保全了"他"的颜面与工作,而且还给了

"他"一个机会——改过的机会。"他"会改过吗？"他"会不会还是心存侥幸一错再错？我想这全在于"他"自己了，别人帮不了"他"，也左右不了"他"，但"他"会因为自己不同的选择，品尝到不同的结果，是甜是苦，完全取决于"他"自己。作为一个旁观者，我还是忍不住要说：但愿"他"能够懂得珍惜。

还能说什么呢？这么一件不大光彩的事情，因为一个人的宽容与善良而不为周围的人所知晓。但对于"他"和那个孩子，却一定是印象深刻，关于做人的道理，"他"应该有新的收获，而在孩子的心里，也一定会留下很深的烙印。我相信，更多的人在听了这个故事后，也会有所联想与触动。人生在世，的确应当把握住自己，什么应当坚持，什么应当摈弃，心中应该有一杆秤，在有些事情上，千万不要心存侥幸，因为所谓的"侥幸"后面，一定会有双眼睛在盯着你。

2008 年 09 月

没有狗屎可抢

遍地狗屎,不是辱人之语,而是我们这个社会的一个真实写照,更是我们市民思想境界的一个折射,它和很多细节一起,构筑起我们个人的立体形象与城市的整体形象,说小的确不小。

台湾消息 抢劫竟然抢到一包狗屎!这个笑话日前仍在屏东市中山公园摊贩及住户间流传。

一名穿着时髦……的30岁女子……带爱狗到公园内散步,狗大便后,她用随身携带报纸包住,准备拿回家处理;不料刚走出公园,就被一名骑电单车、戴安全帽歹徒,抢走手上报纸。(2008年2月15日《合肥晚报》)

当我从报纸上读到台湾一名女子在公园遛狗时,手上用报纸包着的狗屎被人抢走,啼笑皆非时,脑子里突然冒出了这么一句话:"没有狗屎可抢。"不要以为我是在故作惊人之语,确实在我们的生活中,拦路抢劫者是断然没有狗屎可抢的。

在我们的身边,有很多的宠物狗,这些"宝贝"们生产出的狗屎更是随处可见,对于这些狗屎,主人们以前还有按有关要求,将其扔进垃圾箱,如今要求少了,似乎忘却了,一概听之任之了。

小区有个少妇养了一只小狗,整天抱呀亲呀,喜欢得不得了。这位标致富有的少妇,经常在人前夸赞她的"宝贝":"我家贝贝呀真是干净,从来不在家里大小便,有一次我们一天没回家,它就一直憋着,晚上门一开,它一个箭步就冲下楼去……"

另一个胖妇人,身后跟着两只胖得快走不动路的狗,每次只要她溜过狗,小区的马路上肯定会有她的"心肝"们留下的粪便。

坦然,都十分的坦然。不仅是这两位女士,小区所有遛狗者的手上绝对不会带上报纸,或者小铲子之类的东西,他们习惯了,我们也习惯了,习惯了"遍地狗屎"的生活。

遍地狗屎,不是耸人之语,而是我们这个社会的一个真实写照,更是我们市民思想境界的一个折射,它和很多细节一起,构筑起我们个人的立体形象与城市的整体形象。

法律法规能做到的,只是告诉我们什么事不该做。具体到生活中,什么事该不该做,首先还得靠个人的修养,不可能有个人整天总盯着你,只有自己真正意识到了,才是最佳状态。也

许有人会觉得这又是在生活中许多的"累"里面又添加了一"累",但这样的"累"在"利他"的同时也在"利己"。事实上,为了我们的个人,我们家庭的小环境,社会的大环境,我们有谁不在"累"着,这不是大道理,这是小道理,想通了,就不会觉得"累"。最怕的是人们不去想,不去琢磨这一堆堆狗屎后面有关素质与环境的道理。环境是有脾气的,你糟蹋了它,它也不会善待你,这就是所谓的"报应"。

说实话,我自然是不希望有抢劫事件的发生,但当我听说台湾的劫匪竟抢走了一包狗屎时,还是忍不住做出以上的一些联想与感想。

2008 年 02 月

有人跳楼

当然,也有不少如阿凡、阿珍一类的人,他们就是喜欢看热闹,在他们看来,有人跳楼是件很刺激的事,是他们日复一日单调乏味生活的一个兴奋点。

"有人跳楼了!"阿凡刚跨出大院的门立马就折返身,对着院子里面大呼小叫起来。

"轰"的一声,大院里几乎一半的人一下子涌到街上。见街上已经聚集了不少的人,就感到很懊糟:这么大的事,我们怎么就没察觉到呢?赶忙分头打听,然后将"信息"汇总,很快就有了眉目。

原来一个老人在街上闲逛,无意中发现路口西北角的大楼顶层的弧型架上坐着一个人,开始以为可能是大楼物业的在做什么,看了一会儿,觉得不像,"难道是要跳楼?"老人刚嘀咕完,就听到一个很自信的男声在耳边炸响:"对,一定是要跳楼。"老人一惊,四顾一番,吃了不小的惊,原来一会儿工夫他的周围已经聚集了一大堆昂着头的人,有男、有女,有老、有少,大伙儿一合计:报警!几个人立刻争先恐后地用手机拨了110。迅速来了一辆警车,几个警察从大门进入了大楼。

弄明白怎么回事之后,从院子奔出来的人来了精神,他们有的急忙寻找着有利地形,有的赶紧回院子叫人,忙成一团。胖墩墩的阿珍今年30多岁,和老公在大市场做生意,她今天难得在家,就遇见这等热闹事,很是兴奋。只见她昂着头看着楼顶上的人的同时,还在给老公打着电话,她的嗓音因为兴奋变得有些走调,旁边的人只听得出她不停重复着"跳楼了,跳楼了"。见有不少的人拿着手机对着要跳楼的人拍照、录像,阿珍赶忙对同样感兴趣的丈夫说:"等一会儿我拍几张照片发给你看。"挂了手机之后,阿珍一边将手机对准楼顶上那个人,一边寻找着最佳位置。突然,她一脚踏空,跌倒在地,钻心的痛让她忍不住叫了起来,几位邻居见了赶紧将她扶了起来,这时候,阿珍的脸已经因为脚痛而变了色。大伙儿一看,摔得不轻呀,上医院看看吧。阿珍说什么也不答应,她顺手从沿街的店铺拿过一把小椅子说:"我在这里坐一会儿就好了。"大家见劝不动她,便也算了,任她坐在那儿继续看着热闹。

阿凡昂着头看了半天,觉得怎么也看不清楚,很不过瘾。忽然他一拍大腿:哎,对了,家里不是还有一大堆望远镜吗?拿一个来,肯定会清楚多了。想到这儿,他连忙差使弟弟回家里去拿。自从"大拆违"拆了他家搭建的小店后,他那些处理不掉的剩货像垃圾一样堆在家里,没曾想今天还真派上了用场。正想着,小弟已拿着两个望远镜来了,哥俩儿一试,哎,还真管用,又大又清楚,楼顶上的人长什么样在做什么,一清二楚。两个人边看边交流核对着自己看到的情况:"他好像不大。""对,大概也只有20多岁。""他好像还挎了个包。""嗯,哎,他站起来了。"正说着,一只手伸过来,对阿凡说:"借(望远镜)看看好不好?"阿凡一看,是个不认识的男子,满心不悦,硬邦邦地来了句:"想看?拿钱来。"没曾想那人居然愿意,问要多少钱。阿凡说:"一元钱一看。"那人随手递过来一元钱,抢过望远镜看了起来。其他人见了也纷纷效仿,阿凡哥俩儿转眼成了出租望远镜的,并且很快推出新规则:一元钱只能看5分钟。

生意真是太好了!阿凡的兴趣一下子转到了赚钱上了,他让小弟看在那儿,自己跑回家拿更多的望远镜来,可就是在他转身回家的一会儿工夫,就听得马路上一阵骚动,便赶忙跑出来,碰见邻居阿仁,连忙打听出了什么事。阿仁告诉他:"别提了,刚才那小子让下面人让开,说他要跳了。谁知道大伙儿让开来了之后,他又不跳了,真是烦人。"这时旁边有人抱怨道:"要跳就赶紧呀,我一泡尿憋到现在了。"一句话引得大家一阵哄笑。这时,又有人冲着楼顶喊到:"跳呀,要跳你就快一点啊。"

就在几个人起哄的时候,又开来两辆警车、一辆120救护车,救生垫也已铺好,并开始充气,现场的气氛骤然紧张起来。有人在传:警察和这个跳楼者谈了半天,就是劝不下来他。那个年轻人因为老板拒绝赔付他父亲的工伤医药费,一气之下冲到楼顶。他说,拿不到钱,他一家子就完了,他也不想活了。警察一边做工作,一边火速派人找那个包工头去了。

围观的人是越聚越多,互相探听消息的,议论的,辩论的,争吵的,围绕着都是一个主题:跳楼。有同情小伙子的,觉得他太糊涂,有事情找政府、找媒体呀,犯不着用这样过激的方式,拿自己的性命当赌注;有的人觉得,现在的一些老板心太黑、手太狠,为富不仁,平头百姓以和平的方式和他交涉,他根本是不予理睬,小伙子这样做也是让他们给逼的;当然,也有不少如阿凡、阿珍一类的人,他们就是喜欢看热闹,在他们看来,有人跳楼是件很刺激的事,是他们日复一日单调乏味生活的一个兴奋点。

这边是专心致志地围观和耐心地等待,那边的"生意"也火热进行着,阿凡兄弟不但因为出租望远镜赚了一兜子硬币,还以20元一个的价格卖出去几个望远镜,阿凡心里别提多高兴了。

阿仁见阿凡做起了生意，灵机一动，也将自家小店里的矿泉水、面包拿出来，在人群中吆喝着，不一会儿也卖出去了不少。只可惜"好景不长"，有消息说跳楼事件圆满解决了，要跳楼的青年也已平静下来了。围观的人群渐渐散去，阿凡和阿仁的"生意"也只得就此结束。

等到大伙儿都要回大院的时候，突然想起了阿珍，只见阿珍的老父母正艰难地试图抱起阿珍。大伙儿连忙围了过去，这时候的阿珍已哭成了泪人，她右脚已经肿了，一碰就痛，根本没办法走路。邻居们一合计，赶紧上医院。阿凡拦住正准备拨打120的阿仁说："打什么120呀，车子不就在跟前吗？"大伙儿一寻思："对呀，打什么电话呀，120车不就停在那儿吗？"于是七手八脚将阿珍抬上了车。

看着一转眼开得老远的120救护车，阿凡说："120车这回可没白跑。"一堆人听罢，张着嘴哈哈大笑起来。

2008 年 03 月

斑斓城游记

这次斑斓城之旅,我幸亏是听了劝告请了导游,不然不知要多走多少弯路(路牌、指示牌都被涂画得分辨不清),多生多少闲气(入乡随俗,见怪不怪)。

很早就听说过斑斓城,那儿的新奇、独特和刺激也早就让我心神向往,这次有机会去游玩一番,心情自然很是激动。

斑斓城的游览条件很简单,门票全免,每人只需花不多的钱买两桶油漆就可以了,刷把也是免费送的。游客进城之后,除了参观游览,领略一番城中奇特的景致之外,还可以拿起刷把,随心所欲地涂涂抹抹、写写画画。

斑斓城不是特别大,但的确是五彩斑斓,极富视觉冲击力。它的地名、路名和建筑名称也极有特色。全城分为五个区:斑斓东、西、南、北区加上一个斑斓中区。道路也都是以"斑斓"命名:斑斓一街、斑斓二街、斑斓三街等等,据说小巷的命名遵循的也是这个原则。城内最著名的建筑是两座斑斓宫,斑斓老宫是一座比较古典的建筑,据说有上百年的历史,斑斓新宫刚建成不久,外形极其怪诞夸张,最让人称绝的是它的尖顶,像一把宝剑直插云霄。

由于时间的关系,我只游览了斑斓东区和中区。一进东城门,我立刻就被眼前的景象所震惊和感染,只见游客们像着了迷似的,拎着漆筒到处写写画画,其动作之夸张,完全可以用疯狂来形容。

正对东城门的一堵墙上,用正楷书写着六个大字:斑斓城欢迎您!我正想着是否应该让导游帮我摄影留念,忽然发现有个小伙子用黑漆在"斑"字上画了个鬼脸,觉得颇诧异,想上前阻止,被导游拉住了:"没关系的,这儿的任何地方都可以画。你今天是来得早,不然这欢迎的标语你早就看不到完整的了。不过每天闭城之后,它又会被重新写上去的。"我豁然开朗:啊,原来在这儿可以如此随心所欲,想怎么干就怎么干啊,真是太好了。

我的"第一抹"就是用一个变形的虎头把"斓城欢迎您!"变成"斓土欢迎您!"然后我一边走一边画,在任何地方写上我想写的,把我看不顺眼的用红漆涂掉(忘记说了,游客的两桶漆的颜色可以自选,我选的是我最喜欢的大红和天蓝)。

游客们用各种颜色各种字体写几句心得(或者几句搞笑的话),画一幅画——各种风格的都有。当然最常见的还是"某某到此一游"一类的——不过名字经常会被篡改,变得很可笑(比如在"炎"字前面加一个"发"字,在"经"字前面加一个"痛"字),或者干脆将别人的名字换成自己的。最有意思的是,这其中居然也有小广告,什么"专业洗浴、美发、美容"、"服装清洗快洁净",什么"斑斓城指南"、"绘画参考"、"创意宝典"、"搞笑大全""永固漆专卖"等,奇奇怪怪,五花八门,当然每条小广告后面都少不了一串电话号码。我问导游,难道这些小广告就不怕被人涂盖了吗?导游告诉我,他们用的都是很难涂盖掉的"永固漆"。我说早知道我也买永固漆就好了,导游说永固漆很贵,价格是普通漆的几十倍,我一听,也就不后悔了。

我最得意的一个"作品",是一首我即兴创作的打油诗,由于是想到就写、一气呵成,看上去赏心悦目,很有气势,连导游在一旁也都连连点头称是。在写这首诗的过程中还有一个小插曲:我正专心致志地"创作"着,一个靓妹在我的背上唰唰地画上几笔后转身就走,导游告诉我,她写的是"迂腐"二字,还没等我心疼我的衣服,导游唰唰几下将我背上的字给涂了。只见他退后一步,端详着我的后背说:"好了,看不见了,等一会儿出去,让人将衣服送到服装清洗店去,很快就会恢复原样的。""洗衣服的时候我到哪儿去呢?"我问。"去洗浴美发呀,你要有思想准备,一趟斑斓城游下来,你浑身上下都会沾上一些油漆的。"

"哦,怪不得城门外有那么多的浴池、美发厅和洗衣店,敢情是配套一条龙,发斑斓城的财呀。"听导游这么一说,我的心情要好多了。可还没等我转过身走上几步,回头一看,我的"作品"已不知被哪个眼疾手快者涂了个大花脸,最可气的是上面的两个批字:"幼稚!"我那个火呀,不知怎么发才好。导游赶紧拉住我劝道:"不要生气,这是很正常的事,我们去斑斓新官吧,很好玩的一个景点。"我没好气地说:"有什么好玩的,还不是和斑斓老官一样,全身上下被涂了个面目全非。"导游很认真地说:"不,斑斓新官可不一样,由于它造型独特,要想在它的许多部位写上东西涂上漆,并不是一件容易的事。听说今天有几位涂画高手聚集在那儿,尝试创造一项新的纪录——徒手将油漆涂抹到斑斓新官的尖顶上。"听导游这么一说,我又来了兴致,随他疾步赶往斑斓新官。

这次斑斓城之旅,我幸亏是听了劝告请了导游,不然不知要多走多少弯路(路牌、指示牌都被涂画得分辨不清),多生多少闲气(入乡随俗,见怪不怪)。

正这么想着,不觉就快到了斑斓新官,远远地就听到那儿是一片欢腾,有人高声喊道:"新纪录诞生了!"我赶紧挤上前去,只见斑斓新官那像一把宝剑直插云霄的尖顶上被涂上一块

刺目的红色,下面是几个汉字和一串电话号码。激动的人群纷纷议论刚才的一幕是多么惊险刺激,那成功者更是一脸的自得:"这世界上没有什么事情是我们'国际小广告协会'做不到的,只要我们愿意,珠穆朗玛峰上也能写上我们的小广告。"人群中又发出一阵欢呼声,人们像对待一位英雄一样抬着那位"成功者"环绕着斑斓新官游行,庆祝一项新的纪录的诞生。

　　当我如愿以偿地让那位"成功者"在我的脸上签上他的名字,挤出狂欢的人群时,天色已近黄昏。我们在回去的路上经过城门时,见城里的工作人员已经开始用一种特殊的清洗剂清理墙体和路面。那堵原先写着"斑斓城欢迎您!"的墙,由于还没有清理到,依然是面目狰狞,我仔细地寻找一番,夸张变形的色彩和图案之中,依稀可见残存的一些偏旁部首,连起来竟成了"阑土欠尔",让人有些哭笑不得。

2007 年 10 月

为公交车而战

"公交车应该是公益的东西,如果整天只盯着钱看,不顾及公众的感受,就应该有人去管管他们。你们这些公务员,整天干什么吃的?"郭太太简直有些怒不可遏。

郭梓夫最近和太太关系有点紧张,不是因为家务事,不是为了钞票,更不是因为婚外恋,他们争来吵去为的都是公交车,有点稀奇吧。

确实是杠上了,要不夫妻俩怎么着也不会因为公交车而闹得不可开交。确实也是闲的,儿子上大学走了,俩人一下子没着没落的,就跟公交车卯上了。还有一个原因本来不能说,说了可不能再告诉别人啊:郭太太好像有点"更年期"了,郭梓夫那天在气头上跟我说的,不过我有点不相信,白白嫩嫩,满标致的一个女人,不像啊。

言归正传,说说两口子斗嘴吵架的事。郭梓夫出门是骑车、打的,偶尔也乘公交车,郭太太出行则基本上都是乘公交车。以前单位没有搬远的时候还好,最近每天从外面回来她似乎都是

气鼓鼓的,郭梓夫不用问就知道,十有八九是因为公交车。

"气死我了,居然等了30多分钟,一辆车也没有。"郭太太把包往桌子上一摔。

"肯定是堵车了吧。最近修路,市区不好走。"郭梓夫劝道。

"堵车?为什么其他路车都能按时,就它不行?不来就不来,一来一下子就是三四辆,火车似的。最可气的,全部是空调车,这么凉快的天,抢钱啊。"郭太太愤愤不平。

"那可能是碰巧了,应该是普通车和空调车间隔着来",郭梓夫还是宽慰道。

"就你简单,成心的,天热的时候怎么不这样啊?想等一辆空调车比什么都难。最可气的是那天,我居然等了5辆车都没有等到(空调车)。"郭太太越说越气愤。

"怎么会是成心的呢,肯定有原因,比如空调车正好检修,或者是司机调班,哎,对了,前段时间不是在改造空调车吗?肯定正好让你碰上了。"郭梓夫为自己想出的理由感到有些得意。

"你是公交公司的啊,我就奇了怪了,最近,你怎么总是为公交公司说话呢。什么检修、调班、改造的,根本不是,天热的时候,运行成本高,不是高峰的时候他们划不来。天凉快了,运行成本低了,就一个劲地开空调车。你懂什么呀你。"郭太太将矛头指向了郭梓夫。

郭梓夫感觉到气氛有些不对了,赶紧踩刹车:"好了好了,不就是说说而已,还不是怕你生气。不要把人家想得那样差。"

"你什么意思?这么说还怪我了?我哪天不是买票上车,可你知道我得到的是什么服务吗?挤,无休无止地挤。天热的时候,车厢里像个闷罐子似的,乘客个个汗流浃背,那味儿别提多难闻了,司机还有广播还一个劲地让你'往里面走一走',不把人挤出毛病不罢休似的。还有,他们公交公司凭什么'不设找零'?那天晚上有个乘客掏出5元钱问是否可以收一下其他乘客的钱(以找零),结果那个司机把脸一沉,'下去,自己换钱去。'弄得那位乘客非常生气。""后来怎样了?"郭梓夫插话,他怕老婆说噎着。"后来,后来,还不是下去了吗?末班车啊,你说那司机怎可以那样啊?车开了以后我问那个司机,为什么人家好多司机都允许乘客自助找零,他说,那些司机都是违反规定的,(公交)公司不允许他们这样做。那我就不明白了,方便乘客,反而错了?再说,既然是不允许,为什么又不制止?""那你当时帮人家付一下不就可以了吗?"郭梓夫又插话,他还是怕老婆说噎着。"我不是卡放在包里没带,零钱又用完了吗?哦,对了,说到卡,我想起来了,他们公交公司凭什么一张卡要收20元钱的押金啊,全市那么多的人,多大的一笔钱啊。垄断经营,一家独大,真是太可气了。"郭太太一口气说下来,有些气喘吁吁。郭梓夫见状,赶紧献上一杯茶。谁知郭太太并不领情,喝了一口水后继续说,只不过矛头有所改变,转向了郭梓夫:"你倒好,站着说话不腰疼,整天'的'来'的'去("我哪是整天打'的'",郭梓夫在心里还着嘴),当然不知道乘车的苦处,让你挤上十天半月的,看你还为不为他们说话?公交车应该是公益的东西,如果整天只盯着钱看,不顾及公众的感受,就应该有人去管管他们。你们这些公务员,整天干什么吃的?"郭太太简直有些怒不可遏。

郭梓夫有些来气了:"我最讨厌你这样,这是哪跟哪啊,又扯到公务员身上,我看你有些问题。"

"什么?我有问题?我有毛病?我还不是给他们(公交公司)给气的。天天这样挤这样受气,早晚要气出毛病来不可。你倒好,不去说他们,反而说我有问题。你才有问题呢,麻木不仁,冷血动物……"

郭梓夫忽然觉得自己的火头一下子冒了上来:"你怎么能这样,蛮不讲理,不可理喻!"

"什么?我蛮不讲理,不可理喻?你才是@#¥%&……"

"@#¥%&……"

"@#¥%&……"

一场因公交车引发的夫妻大战又开始了。

2009 年 09 月

我服了你们了，我下车可照！

我今天招谁惹谁了？让我遇上了这么一车子的人，天气不冷不热，天空里既没有烟尘，也没有柳絮，没问题啊！怎么就让这么些人木化了呢？

俗话讲得真对，"一个人如果不走运，走路都能让小石子硌崴了脚"，我今天倒是没有走路，乘公交车，但估计是不走运，让我遇上了一连串闹心的事。

说起来都有些丢人，乘车让座这档子事都说了好多年了，总体上也有很大改变，甚至可以说，已经蔚然成风了。但今天的确是个意外，双休日的中午，车上人不多，每个人都有一个座位，可问题估计就出在这人人有座上。

话说车到一站，一对老人带着猴儿一样顽皮的小孙子上车了，一车人（最起码是我前面的半车的人）瞬间变成了木头人了，没有任何反应，我拉了拉那个"小皮猴"，让他奶奶抱着他坐下了。站起来后看得更清楚了，我清楚地看到，坐在我前面的那十几个人，年龄都在我之下，特别是其中以青壮年男性及年轻女子为多。这就让我颇不以为然了。

车又到一站,呼啦啦下去一帮人,包括我前面的四个人,我又坐下了,心里泛起了嘀咕:仅仅是一站路,犯得着屁股粘在板凳上一样吗?顺水人情,落得个感觉良好,何乐而不为呢?

估计是攀比心理、从众心理、不愿显得另类等等原因,让这一车人道德瞬间滑坡。应该是基础还不够牢固吧,不能够随时随地地坚持住。

无巧不成书,这车又到一站,又上来一白发老者,一车人(最起码是我前面的大半车的人)又瞬间变成了木头人了,没有任何反应,于是我又一次让座,因为他刚好站在了我的旁边。说实在的,那一刻,我是一点荣誉感都没有的,满脑子里都是尴尬。我不想这样啊,我不愿意因为自己一再让座而使得一车子人不自在啊,当然,也许他们根本没有感觉到,没有丝毫的不自在,但我却难受得不得了。

车又到一站,又是呼啦啦下去一帮人,瞬间,包括刚上车的,都有了座位,我这回又往后挪了几排,坐到了车子的最后。但就在车门就要关闭的时候,上来了一位老妇人,70岁左右,花白的头发,干净利索的那种。

真是"故事"了吧?一而再再而三,像是编出来的。不过这回有一个小伙子欠了下身子,但被老妇人坚决制止了,好在这时又有一个小伙子上来了,陪着老妇人站在空空的车厢里。我又有了走上前去请老妇人坐下来的冲动,但我感觉自己不能这样,太张扬了害人害己,打人不能打脸,要顾及大家的面子。

但是如果不让座,看着那位老妇人手抓着横杆,在那里摇来晃去,我又实在是于心不忍、坐立不安。情不自禁地,我又四下望了一遍,希望这时候能有一个人站起来,把自己的位子让给老妇人坐,但是,没有,半个也没有。大家都极正常地正襟危坐,特别是那个让自己两三岁的女儿单独占一个位子的年轻的母亲,一如既往地眯缝着眼睛貌似在打着瞌睡。

我服了你们了,我下车可照!我今天招谁惹谁了?让我遇上了这么一车子的人。天气不冷不热,天空里既没有烟尘,也没有柳絮,没问题啊,怎么就让这么些人木化了呢?不正常,极为不正常。我回家宅着吧,今天绝对是不宜出门。

2011 年 06 月

买鞋买出来的故事

如今，我已经不会因为一双皮鞋只是看上去很漂亮，就把它们买回家，让自己的一双脚受罪；也不会因为一双皮鞋只是价格很便宜，就把它们买回家，让自己的脚将就。

最近我买了几双鞋，比较密集也比较有意思。

上个月的一天，我和儿子到一家大型超市购物，这在我们爷俩，算得上是一种另类休闲。去了之后，发现那儿正在做活动，买200送100，觉得还是挺划算的，在一家以男式休闲皮鞋为主打产品的品牌专卖区，我看上一双棕色软牛皮皮鞋，看了一下价格，958元，感觉挺贵，正暗自盘算如果参加活动，该怎么做的时候，营业员过来了，她很善解人意地告诉我，不参加活动的话，可以享受55折，这让我松了一口气，不然，首先要花上958元，然后还要琢磨如何消费掉赠送的400元电子券。但还是觉得折后的526元贵了，犹豫，因为我从来不曾买过如此价位的鞋子。到超市里转了一圈，买了一大堆东西后再次路过的时候，我还是忍不住，进去再看，还是喜欢，鞋面整块软牛皮，没有接缝，穿上去感觉特好。问儿子意见,臭小子似乎也觉得贵了,但还是说:"喜欢就买呗。"得,本来就不该问,又不花他的钱,他最想做的是赶紧回家,累了,也烦了。想了一下,买。我不甘心地又问一句:能再让一些价钱吗?那营业员一口回了:不行,一分钱也让不了。得,理解,大超市,又不是小店铺,不是为难人家吗?惭愧!

鞋子买回家,放在了不起眼的地方,那位是不爱操心的主儿,但我自己有些心虚:这次有些奢侈,与家风不太一致。晚上,那位终于发现了,我含糊地打发过去了。第二天还是第三天,中午下班后,见几位同事在上淘宝网,便要他们帮着看看我那双皮鞋,很快就查到了,但那价格实在是让我吃了一惊,不相信,太出乎意料了,居然是335元,也就是三五折!五五折之后有利润我相信,但居然还有这么大的利润,实在是出乎我的意料之外。如果按照营业员所说的平时他们最多只打八零折(766元),那厂家以及中间商要赚多少?网上的355元一定是去除费用后还有赚头的,那么消费者为一双皮鞋付出的是不是太多了?老话说得真对,"吃不穷,喝不穷,算计不到一世穷。"我现在才知道,那些过日子精打细算的人坐在家里比我等挣得还要多。

退货!我有些气愤。旁边人说,难。我说,真要是想退的话,肯定能够退得掉。其实我也在琢磨,为200元钱去和人家争吵,是否合适。好在忽然想起自己认识那家连锁超市另一个门店的负责人,打电话过去一问,完全可以,只要没有穿过都可以退的。其实对于最后一句话,我是有些不信的,但我这双鞋子确实是比较顺利地退掉了。

下单,买!除了这一双,再买一双黑色的,放在单位里配西装穿。同事说我有些不理智,干嘛一下子买两双。我说两双的价格才600多一点,为什么不买?大家笑我受刺激了。

两双鞋陆续寄到了,棕色的那双和超市里的一模一样,黑色的也是一张整皮做的鞋面,样式比棕色的要更为正式一些,两双鞋子最后的价格分别是330元和269元,免邮费,我掏出600元还找回1元钱,真是让人有些无语。

本来是在渐渐地接受着网购,这次"皮鞋事件"后,我对于实体店彻底排斥了,想着不是一点两点的差距,而是太过分的暴利,心里就觉得不顺畅。我感觉如果同样的东西,实体店里的要比网上贵个百分之二三十,我都能够接受,但太过了,只能让我流连于网店。不过对于日常小物件,吃的东西,我还是选择实体店,毕竟花钱多数不会太多,况且吃的东西还是需要挑选比对的。其实我想得通,人生在世,你赚人家的钱,也要让人家有钱可赚,门槛太精,没必要,太累!

还是说皮鞋。

今天下午下班，经过一家商场，发现商场正在进行装修前的大甩卖。我进去看看，果然便宜，在那家以男式休闲皮鞋为主打产品的专卖区，看到一双特休闲时尚的皮鞋很适合儿子穿，正想着，那位打电话来问我走到哪儿了，我一说情况，她立马说要和儿子一起过来。于是儿子两双（其中一双是很不错的皮凉鞋），老母亲一双，她一双，一会儿就搞定了。两双女鞋都是轻便棉皮鞋，平时价格不菲，现在因为断码，有些甩卖的意味。如此一来四双皮鞋，一共740多元钱，供货商大笔一挥，700元，交钱。我这时候才明白，为什么能够这么便宜，敢情是直接收钱，省了不止一道的费用啊。

另外还有一个意外发现，就是前次折腾了一圈的那双棕色皮鞋在这家商场标的原价是858元，而那家隶属某老字号的大型超市标的却是958元，同样一双皮鞋，两家商场（超市）的标价竟然相差整整100元！

拎着四双皮鞋我们再转，在另一个品牌的皮鞋专卖区，又发现了几双皮鞋不错，儿子的脚偏大，我的偏小，都容易找到，最后，我买了一双样式很不错的深棕色牛皮鞋，200元，儿子买了一双比较时尚的黑色大头皮鞋，248元，营业员说，原价可都是700多元的，因为断码才舍得打折的，我笑了笑，有些不信，但我心里明白，价格放在这里，即便吃亏也不会太大的。

回到家里,我忍不住还是上淘宝网看了看,有3双没有找到,找到的3双,价格都要高于我们的购买价,比如最后买的那两双,分别是315元和295元,于是笑,网店也好,实体店也罢,到底在哪儿省钱在哪儿省事,全靠自己把握自己感觉,生活就是如此,没有一个固定的模式和答案,或许正因为此,平淡的日子才有了些意思和趣味。

在商场,我还看了几双亮皮窄头的皮鞋,硬底,一脚蹬,过去我曾经喜欢过,觉得精神、好看,但现在,我是根本不会去碰它们的。尽管它们看上去的确不错,而且现在每双只要150元,但我一点儿都不会动心,我太知道了,脚在那样的鞋子里会是怎样的一种滋味,那锃亮的鞋面一旦有了折痕,会是怎样的一种状况,再有些旧了的时候,该有多么尴尬。

如今,我已经不会因为一双皮鞋只是看上去很漂亮,就把它们买回家,让自己的一双脚受罪;也不会因为一双皮鞋只是价格很便宜,就把它们买回家,让自己的脚将就。我已经很清楚,什么样的鞋子适合我,在什么样的场合我需要什么样的鞋子。

有些不好意思,到了如许年岁,我才知道如何为自己买鞋。

2011年11月

油渣烤鸭

从来就知道中国人遇事喜欢弄个"三六九"的,没曾想吃顿饭又吃出个"三榧"来,特别是"油渣烤鸭",绝对是属于首创一类的。想来有幸,如果没有一帮人"帮"我们,我们怎么可能有这等口福?

近来总是感觉自己真是有些落伍、有些孤陋寡闻了,这不,今天若不是一位可爱的小帅哥执意要做东请我们一家吃饭,我是断然不会想起来地处西门立交桥附近的这家酒店的,当然,也就不会发现它了不得的变化。

记忆中,这家据说是来自外地的全国连锁的酒店,在装潢风格上属于追求表面奢华,又似乎有些"土气"的那种,但这次去了以后,发现的确是大不一样了,很时尚、很上档次,有些北京、上海等大都市的感觉。由衷谢了小帅哥。

点菜的时候,本着不破费、不浪费的原则,我让小帅哥点几样实惠家常的菜,不过,主菜还是小"奢侈"了一把,一百好几十大洋的"北京烤鸭",因为儿子喜欢,因为想在合肥重温一下北

京全聚德的感觉。

先上了一份豇豆茄子,油水大,烧得不错,大家于是开吃开喝,并且很快就让盘子见了底。着急,不由自主地四下张望,并尽量表现得让人看上去不是那么急不可耐,有些难度,但还是基本做到了,相互之间时不时还彬彬有礼地碰一下杯子,很绅士优雅的那种。

终于,上烤鸭了,一位很正式打扮的厨师,推着一辆餐车,上面的盘子里摆着一只油亮亮的烤鸭,有些垂涎欲滴的同时,我觉着那鸭子的颜色似乎有些偏深,回头看看,大家似乎都有同感。其实,如果当时我们提出质疑,要求换一只,估计,就没有后面的事情了。但我们偏偏没有,于是,故事开始了。

厨师的架势还蛮像那么一回事的,让没有吃过全聚德的几位颇开了一下眼界,首先上的是鸭脯的皮,应该是不油腻、酥且脆的,服务员上的时候还特意说了一声:"可以蘸白糖吃的。"很少见过呀,便按着做了,急急地塞进口——哎,有些不对呀,怎么有些油渣拌糖的感觉呢。因为见识少,没敢说,再看帅哥、靓妹(帅哥同事)、老婆、孩子都没有反应,估计是我自己老土了,继续吃吧。

没有全聚德那么多程序,鸭脯皮片好之后,就是鸭肉了,鸭肉片好了,就结束了,鸭架拿下去做成椒盐口味的。这时候,如果我不多一句话吧,那一盘鸭肉片估计会被我们三口两口就解决了,但偏偏在服务员询问是自己用面皮把鸭肉、配料等包起来吃还是他们包好送上来的时候,我说还是包好送上来吧,于是,几个人又开始"等待"的旅程。

包好两个送上来,三个看两个吃,又送上来两个,客气一番后,四个吃一个看,好不容易凑齐,又好不容易再上一圈后,一盘清炒菜心上来"救场"了。"怎么又是素菜啊。"小帅哥有些不乐意了,一圈人动几筷子后,都停了下来,大眼瞪小眼,开始又一轮的等待。

有些着急也有些无聊,我也就不顾主人的感受,招手唤来主管,和她探讨一下烤鸭是否烤过了一点,或者说烤的时候火头大了一点,主管一如既往地热情、亲切:"我帮你们去问问。"于是我们从等菜变成等待答复,最后一批包好的鸭肉谁也没有动一下,或许,大伙儿和我想得都一样:没准……

终于,"热情亲切"的女主管回来了:"我帮你们问了,我们的烤鸭就是要烤到这种程度,你们下次来,如果希望浅一点,可以先和我们打一声招呼。"我感觉自己开始有些不冷静了:"明显是火头大了,烤过了,一股油渣味儿,怎么还是正常?难道你们做得是'油渣烤鸭'?你如果这样解释,我可真要和你们较较真了,如果你们承认错了,也就算了。另外,下次我们要的也是

正好的,而不是要生一些的。"想着也不是成心想让他们赔偿一只,便又自己给自己圆一个场:"其实若不是你们的菜上得太慢,我也不想找你们。"那"热情亲切"一听,连忙一边赔着不是,一边急急地说着:"我帮你们去催一催。"

这一催还真管用,一盘特色炒粉丝上来了,妻子与"靓妹"一尝:"不错,蛮好吃的。"我也松了一口气(搞笑吧,居然是我松了一口气),伸筷子吃了一口——哎,怎么又有一股糊味。但是,还是没敢说,大伙儿是高兴,在一起聚聚的,不能总是扫大家的兴。好在紧接着又上了两样菜,味道还不错,一桌人又其乐融融了。

帅哥一见,又来了兴致:再加一样菜,并且在"热情亲切"的主管关照下很快就上了桌。这次仿佛是大家都留了一个心眼:有几串烤肉似乎颜色也深了一些,不会又是烤糊了吧?要不,换一盘?主管查看之后,心中也没有底:"我帮你们去问问。"我则又有些不识时务地提出"粉丝是否也是炒糊了"这个疑问,没曾想,竟然一致认为的确是糊了。看来,大伙儿都清楚,只是我话多了一些。不过,还有盘底的物证在,可以证明我们不是空穴来风。这点主管也明白,再次提出,"我帮你们去问问。"

结果很快就出来了:"肉没有烤糊,糊的是孜然粉。"至于粉丝,似乎从来就没有这件事一般。不过,在"热情亲切"主管离开的一会儿时间里,我们已经找到答案:不是用有糊味的油炒的粉丝,也不是糊锅没有刷干净,是火太大了,把粉丝里的一些配菜(包心菜等)给炒糊了。

  从来就知道中国人遇事喜欢弄个"三六九"的,没曾想吃顿饭又吃出个"三糊"来,特别是"油渣烤鸭",绝对是属于首创一类的。想来有幸,如果没有一帮人"帮"我们,我们怎么可能有这等口福?还有服务员把啤酒开成了喷着沫子的香槟,把金属勺子摔到地上叮当作响,把小瓷器打破了碎片乱飞,还有大声用"这个那个"来称呼顾客,用一个冠冕堂皇的理由"委婉"催顾客离开的,一顿饭遇到的,好像至少有九个故事。

  齐了,功德圆满,桩桩件件都印象深刻,只是冲了气氛、扰了心情,委屈了那一派的庄重典雅。因为,我们走出大门的那一刻,心中记住的,只有那一只泛着苦味的"油渣烤鸭",和那一声声"热情亲切"的"我帮你们问问"。

  写到这里,忽然想起:酒家,赶明儿,我帮你们问问,"油炸烤鸭"是否可以申报一个专利?那么排场的店面,怎么着,也应该有一两样出名、拿手的特色菜才是啊。

2010 年 12 月

一座商厦就这样没了

没有了人流与市场,就是没有了利润与效益,而当一个社会不再以一个综合的标准要求和扶持一座商厦的时候,那么它的拥有者就没有义务继续撑在那儿。

一家经营了二十几年的商厦,昨天终于关上了它的大门。从此周边数公里范围内,没有了一家综合性的商场。说起来,这似乎只是件再简单不过的事情,开不下去或者不想开了,就关门大吉,没有什么值得说的。但只要稍稍琢磨一番,就会发现,问题没有那么简单。

对于周边的居民来说,没有了这家商厦之后,他们如果需要买东西,就需要跑不短的路程去别的商场,明显要增加出行成本。当然,也可以足不出户地到网上去购买,一些日常用品可以到附近的超市和便民店里去购买,但是,如果想随意地东瞅瞅西看看,从一楼的烟酒茶专柜和超市、二楼的男装皮鞋、三楼的女装内衣、四楼的体育综合场,慢慢地走慢慢地逛,那是再没有这样的机会了。因为尽管那座楼还在,但它不再是百货的天下,也许那里还会有买卖,但可能是电脑,也可能是别的,只是品类单一是不适宜人们休闲购物的。

也许人们会说,时代在发展,实体商场退出市场是一种趋势和必然。也许人们还会说,比起网购的低价和便利,实体商场是没有多少竞争实力和存在的理由的,但人们似乎没有去思考,如果没有了实体商场,他们到哪里去直观感受商品,到哪里去试穿试戴商品然后记下货号到网上去搜索去下单,他们又怎么能够在网上没有这款这型时,从容地折过头来讨价还价然后尽兴而去,尽管它似乎一直在那里。

如今,它忽然不干了,不再天天早上开门迎客,天天晚上闭门谢客,你似乎才会意识到,没有了它,好像还真是少了不少。

说来有些尴尬,自己似乎也是那种一边享受着它的便捷实惠一边指责着它的种种不是,并在逐渐亲近了网购后将它彻底抛弃的人,因为在我的眼中,越来越凸显的,是它的落伍、暴利、品类单一和服务的低层次。

没有了人流与市场,就是没有了利润与效益,而当一个社会不再以一个综合的标准要求和扶持一座商厦的时候,那么它的拥有者就没有义务继续撑在那儿。很简单的一个理儿。当开门关张仅仅是一己之事的时候,那还不是想关就关的吗?

一座商厦就这样没了。看似很正常的一件事,其实很有些不正常。

2011 年 11 月

祈祷管用吗？

祈祷如果变成了习惯成自然的话，那似乎也就没有什么意义了。我所谓的"祈祷"应该是总在想着，总在心里问自己：为什么？怎么办？并相信问多了、问久了，或许就会有答案。

祈祷，是向神或者上苍或者其他特定的对象默告自己的愿望。在我，祈祷与宗教没有多大关系，只是自己在心中默默地想，一直想，并且让想法越来越清晰，越来越坚定。

其实也可以叫做默念的，但总觉得不够到位，因为有祈求的元素在里面。总是在想，总是在想方设法，但就是做不到，自然是着急的，没有办法的时候，只能够独自默默地想，想办法，想如果能够做到该有多好。

有时候也想，祈祷管用吗？不着边际地瞎想有什么用？但更多的时候我还是感觉，想远比不想要好得多，因为它说明你还没有死心，一直在惦记着。虽然目标很远，虽然看起来无计可施，但就是不放弃，心里总是想着它。

祈祷如果变成了习惯成自然的话,那似乎也就没有什么意义了。我所谓的"祈祷"应该是总在想着,总在心里问自己:为什么?怎么办?并相信问多了、问久了,或许就会有答案。

这似乎又和宗教有些牵连,但生活中的林林总总,想必也是宗教的基础。我在乎的是目标,而不是途径。

于是,心中坦然:继续,祈祷着自己的愿望,执著而平静,再久也没有关系,没准,就在明天、后天,就有奇迹发生,没有任何征兆,自然得不能再自然……

2011 年 06 月

越来越北方

是天灾,但又绝不仅仅是天灾,人为的因素助推甚至主导了这场灾害。太多的工业污染,太多的汽车尾气,无节制、无约束的开挖和建设,让这座城市似乎转瞬之间就变得面目全非。

如今我每天出门,总要习惯性地皱起眉头,因为不但天空是灰蒙蒙的,地上到处也都是灰蒙蒙的。最近小区进行所谓的"升级改造",更是将这"灰蒙蒙"演绎得登峰造极。哪怕是一辆小车开过,都会很过分地扬起漫天的尘雾。

毫不夸张地说,我们的城市越来越像一座北方的县城或者集镇了。当然,我丝毫没有贬低北方城市和北方同胞的意思,但北方因为雨水少、自然环境差而到处尘土飞扬,到处灰蒙蒙的是客观存在的。但北方有北方的特殊情况啊,纬度高,雨水少等等,所以才会显得有些灰,甚至脏,花草树木也都谈不上水灵。但这座城市不是啊,尽管我们不是真正意义上的南方,但我们从来不缺乏水,从来就是害怕水涝而极少说"干旱"这个词,它的清爽干净一直是我们引以为自豪的话题。

可是现在变了,变得十天半月一场雨,即使见到了,也只不过是三两滴,这边刚停那边就干了,接着,又开始新一轮的尘土飞扬。

是的,尘土飞扬!过去一直很奇怪为什么北方人管"灰"不叫"灰",而叫"土",现在我明白了,可不就是"土"吗?屋顶、树上,没鼻子没眼地到处都是土。在一些路上,比如我每天必须经过的桐城路,那"土"就更多了,路中间的,因为有车来车往,稍稍少一些,两旁靠近路牙的地方可就是惨不忍睹了,干燥细腻的土彻底糊住了路面,哪怕是一辆电动车驶过,也是一阵灰雾,摩托车、汽车更是把灰扬得让你无处可藏。

不是在郊区,也不是在正在建设的新区,而是在这座城市的核心城区,在那一条条设施完备的老字号街道上。

想来,似乎是一夜之间的事,咱这城市就变了。夏天那场"史无前例"的、漫长的高温酷暑之后,它便一下子失了体面,变得灰头土脸,邋遢不堪。

是天灾,但又绝不仅仅是天灾,人为的因素助推甚至主导了这场灾害。太多的工业污染,太多的汽车尾气,无节制、无约束的开挖和建设,让这座城市似乎转瞬之间就变得面目全非!

应该说,仅仅是干旱少雨并不可怕,可怕的是内忧外患联

起手来,直指我们赖以生存的家园。

我们的洒水车呢?都这个时候了,还不多一些车辆,还不加大一些频次吗?

我们的限制令呢?大面积的开挖,大面积地毁绿是不是该有人出面有效地制止和惩治呢?

我们的法律法规和市政规划呢?集中、大规模拆迁与建设是不是该有人果断地踩刹车、叫停呢?

10月份这一个月,21天轻度污染、中度污染及至重度污染!污染程度超越北京、南京、乌鲁木齐等污染较重的城市!太可怕了!太不可思议了!是许多年的欠债一下暴露了出来?还是短时间内不堪重负,导致多年的努力毁于一旦?我们这个城市里的人们都要好好想一想。

想想还真的有些报应,多少年来,我一直顽强地坚持认为,尽管我们这座城市处于不南不北的地方,但我们是北方人——北方人的性格,北方人的胸怀。这下好了,不用再费口舌,人家就会相信和承认我们是北方人了。

越来越北方,我们是不是也要像北方人那样,在一年中的很多天里,男的出门带个大口罩,女的出门蒙个面纱、扎个头巾,然后,不分男女,回家后要用水一遍又一遍地洗着脸,然后再一遍又一遍地洗着脖子和鼻腔?

越来越北方，我们是不是也要像北方人那样，一年四季很少看到世间万物原本的颜色，很少看到蓝天白云，很少有机会大口呼吸，大声赞美空气的新鲜？

真是悲剧！干了这么多年，付出了那么多，到头来竟然会是"越来越北方"，而且还是过去的"北方"，或者是现在还比较落后的"北方"。

不应该啊！我的城市我的家乡。

2011 年 10 月

如果说

一年又一年，活到今天，我似乎还不是很确定，自己的活法是否对，总是处于一种比较快速的运转状态，既使自己感觉充实，也容易使自己迷茫。

如果说生活就是这样日复一日，我们是不是就不需要那么多的讲究；如果说秉性来自于先天，我们是不是就不需要和人那么较劲；如果说到头来一切只是个概念，我们是不是就不需要总是那么生猛。

人不一定总是越活越明白，有的时候会一下子陷入一种混沌。很多事情就是这样，看似很简单，实际上不是那么一回事。时常，我就会出现某种认知上的状况，不过和过去相比，有一点不同，那就是不再为自己偶尔陷入这种状态而惶恐焦虑，因为我觉得这很正常，没有必要过分担心，能想明白就想一想，实在是想不明白就算了，因为很多事情是想不明白的。

一年又一年，活到今天，我似乎还不是很确定，自己的活法是否对，总是处于一种比较快速的运转状态，既使自己感觉充实,也容易使自己迷茫,因为日子一天一天地过去之后,自己似乎没有感觉到想象中的充实,很多时候,一些事情是为另外一些事情必须付出的代价,而这样的代价总是有,甚至还很多。

其实也是没办法的事情,这样的年代,这样的环境,这样的氛围,这样的一个人。

我试着让自己明白:既然原本就是不容易想明白的事情,还是不去想它为好。

2012 年 01 月

该搞哄个搞哄个

一首歌就这样结束了,让我不但听到了乡音,也听出了一份苍凉和倔强,一句"好大事",道出了合肥人的那股豪爽劲儿。让我们在打量身边那些认识的或不认识的人的时候,在心底生出一份理解和同情:都在努力,都不容易,我们要做的,是真切的理解和呵护,是相互的支撑和帮助。

合肥的声音

我们可以做的，就是静静地听着，分辨着，品味着，并从中找出这座城市的风格与性格，然后判定，这是一座怎样的城市，你是否喜欢它。

不同城市有不同城市的风格、色彩，自然也会有各自的气场和声音，仔细去听，你会发现它们彼此之间的同与不同。北方城市有它的粗犷、大气，南方的城市有它的婉转、轻柔，那么，咱们合肥的声音应该是怎样的呢？我们不妨细细品味、揣摩一番。

首先，合肥的声音里应该有着被称为"倒七戏"的庐剧的味道，有沧桑、苍凉，有苦中作乐。

那天，经过一条比较陈旧的小巷，看到一群脸上有着浓重风霜的汉子不知因为什么而开怀大笑着，那笑声是那么的粗放、爽朗，有很强的感染力，让一旁走过的我，忍不住再三回首。他们应该是没有好的生活条件，没有一份好的工作，或者压根就没有一份固定的工作，但他们在那一刻，却是那般的开朗、开心。这或许是一种释放，或许是一种忘却，或者，干脆就是一种人生态度,承受并且豁达。

再者,合肥的声音中也有着一种柔和与机敏,这体现着合肥人精明、灵活的一面。

做生意的人,跑业务的人,和人交涉的时候,既能够和颜悦色地说明自己的意思,又能够直接明了地表明自己的立场。不卑不亢,柔中有刚,不那么呛人,却能够听出个中的分量。几声亲亲热热的"大哥"、"大姐"这么一叫,很多局面就会缓解许多;几句七大姑八大姨这么一叙,又生生地将关系拉近许多。拐弯抹角地绕来绕去只为解决问题,办成事情。

其实,合肥人骨子里还有一股蛮劲,粗门大嗓的这么一吼,立马使旁人让他三分。随后再加上一些智慧,"软""硬"交替着来,更会达到意想不到的效果。

人们说过的关于合肥人的段子里面,就有关于合肥人嗓门大、性子倔的。笑过之后,我感觉还是蛮亲切、可爱的。有些事是没有办法的,就是这地儿土生土长的,听惯了,不觉得他粗鲁,只感觉豪气;不觉得是噪音,只感觉爽快。

总体感觉,在这座不断裂变、高速发展的城市里,人们的声音越来越平和、自信,富有亲和力。摆脱了贫穷,就不会总怀疑别人的话语中有着弦外之音;找到了自信,就不会总在别人的眼光中寻觅着轻慢;有了自己的高度,就会在自己的每一句话中注满底气,抑扬顿挫,发挥自如。

我们都有这样的经验,我们每到一座城市,首先关注的,除了市容市貌,就是人。他们的外形,他们的做派,他们的行为,他们的声音。而他们的声音与城市里其他声响一道,构成一座城市在听觉中的形象。

比如越来越多品种的鸟儿,给合肥带来的,是多音色、多频率的天籁之声;

比如越来越多外来的学子、精英与务工者,给合肥带来的,是多元素、多性格的语言风味;

比如越来越多的机械车辆,给合肥带来的,是嘈杂的、喧闹的机械交响曲。

而这一切的一切混在一起,交叉、融合,就成为一座城市特有的声音。我们可以做的,就是静静地听着,分辨着,品味着,并从中找出这座城市的风格与性格,然后判定,这是一座怎样的城市,你是否喜欢它。

于我,对于养育了我的合肥,对于它的声音,是再熟悉不过了,在它元素复杂、内涵丰富的声音里,我能听出它的过去、现在,甚至未来,我能够感受到它声音中的基调与旋律,而这种基调与旋律,对于一座城市来说,的确是太重要了。

2012 年 12 月

该搞哄个搞哄个

一首歌就这样结束了,让我不但听到了乡音,也听出了一份苍凉和倔强,一句"好大事",道出了合肥人的那股豪爽劲儿。

一群年轻人,用比较纯正的合肥方言,有些狂野粗放地唱着,我和他们邂逅在一位文友的博客里,随着音乐声起,我的心一下子被抓住,和他们靠得很近。

我忙伤得了/我忙屁得了/你问我在搞哄个?/天亮到天黑/我忙个不歇/就是为了个房子/从肥西到肥东啊/我跨着一辆加长摩托

一个男人的形象,出现在我的脑海里,他应该是30多岁,精瘦的体型,满脸的风尘,老实、本分、肯干,为了家庭,为了孩子,特别是为了买一套房子,风吹日晒,不停地奔波着。他或许是进城务工的农民,或许是贩卖货物的市民,还可能家住城西,在城东上班(干活),反正他总是在路上,总是在辛苦地奔波。

房子是他最大的"心病"吧,没有一套属于自己的房子,总有一种飘的感觉,总觉得心里发虚、不踏实,而租房子住,永远会觉得自己是这个城市的"外人"。不管是正在攒钱准备买房子,还是买过房子每月还着贷款,"房子"都是生活的主题和中心。忙啊累啊,都是为了这房子啊。

整天奔波忙碌,的确是有些"伤",或者更甚:"忙屁得了"。加长摩托上有时驮着货,有时带着人,在城市的大小道路上奔波着,身边不时有那些高档轿车驶过。路况应该是不太好的,"炸我一身麻污漆黑"。或许原本路是一条很不错的大路,但是每每遇见这些开着好车,优哉游哉的人,心里还是有一种"麻污漆黑"的感觉。

不平衡,想不开,自然会生出许多气来。

>我气伤得了/我气屁得了/讲搞我混得那么倒板?/人家虾们有信用卡刷/我家虾们把碗刷

是啊,怎么就这么不走运。自己不走运也就罢了,连着孩子跟着后面受苦。而这,可能比让他受苦受累还要不可忍受。当一个人有了孩子之后,他关注的重心就会有所改变,自己怎样,变得越来越不重要,孩子怎样,才是生活的重点。所以当他无论怎样努力,都改变不了家庭和孩子的生活状态的时候,他会在沮丧、焦虑之余,思考、反思:"从肥东到肥西啊,我认真地过每一分钟",我做了呀,我认真地做了呀,可我怎么就改变不了现状?

委屈啊,上苍对我怎么这么不公平。当这样的委屈积聚多了之后,遇到与三两个好友相聚,举杯痛饮的时候,真是会有一种想哭的冲动("咪毫小酒就想哭")。

是啊,从肥东到肥西的奔波,认认真真地过着每一分钟,一直在拼在干,可"讲搞"我就是混得那么"倒板"呢?真是想不明白,真是感觉有满肚子苦水。

她的老婆应该是那种爽快泼辣的女人,知道丈夫的为人,明白他一直在努力,但她似乎更明白人生在世,不管做什么,都少不了要辛苦劳累。男人吃苦受累她也心疼,但她见不得男人流泪,在她看来,流泪没有什么意义,没准还会让自己变得脆弱、沮丧,于是,她对着男人大喝一声:"你可有事啊('老婆问我你可有事啊')!"

男人一下子醒了过来,是啊,"其实能有好大事啊",人生在世,都不会一帆风顺的,年轻的时候委屈点辛苦点,或许还是一种历练,于人生是一种财富呢。还是应该振作起来,"该搞哄个搞哄个"。是的,该做什么做什么,向着自己的目标,一直做下去,不彷徨,不退缩。

一首歌就这样结束了,让我不但听到了乡音,也听出了一份苍凉和倔强,一句"好大事",道出了合肥人的那股豪爽劲儿。

让我们在打量身边那些认识的或不认识的人的时候,在心底生出一份理解和同情:都在努力,都不容易,我们要做的,是真切的理解和呵护,是相互的支撑和帮助。

我们需要消沉时的那一声断喝:"你可有事啊!"我们更愿意携手并肩,朗声唱出我们的豪迈:

其实能有好大事啊,
该搞哄个搞哄个。
其实能有好大事啊,
该搞哄个搞哄个!

2010 年 07 月

寓事理于谐趣之间
——合肥小讲里的幽默风趣

我有时在想,既然有"默默耕耘"这一说,那么就一定会有人是"夸夸其谈"、"光说不练"的主儿,对于这一类人,合肥人有种说法,叫做:"茶壶打掉襻子,就落个嘴了"。

所谓"小讲",幽默、打趣、旁敲侧击之话语也。比起那些比较正式、严肃的格言警句,"小讲"显然要自然、亲切得多。可能是民间的流行语,可能是生动形象的歇后语,也可能是上不了大雅之堂的乡野粗俗之语,按照现在的话来说,属于草根智慧、草根文化。

"合肥小讲"中的一个重要组成元素是幽默,它能够让人们在会心一笑中理解一个寓意、明白一个道理。比如有些人喜欢自夸自己是个直性子的人,为人做事爽快耿直。于是,就有人打趣道:"是啊,你直,你比虾子还直。"也许是一个善意的玩笑,也许是一句不屑的斥责,尽管是同一句话,但因为语气和对象的不同,说出来完全不是一回事。真是有些搞笑,虾子什么时候是直的?民间语言的幽默风趣由此凸显。生活中脾气与秉性的确如此的人和那些明显口是心非的人,因为都喜欢标榜自己,竟然还能够得到(字面上)同样的回答,的确有点意思。

　　在我们的生活中,有一种人,因为肤浅、虚荣,缺乏判断力和自知之明,一点点的肯定、赞美便会使得他得意忘形,觉得自己真的是好得不得了,不说一句"讲你胖你就喘",还真是不能够让他清醒过来。从这一句"讲你胖你就喘"的词意上看,是一种讽刺加调侃,白描似的将那种并不是太坏,但会让人厌烦的人,形象地勾勒出来。稍稍地想一想,可不就是有这样的人吗?且时常游走在你我的身边。

　　还有一种人,给人的感觉是"哎呀不得了,都不拿正眼看人",太厉害了,"乖乖弄你东,韭菜炒大葱"啊。说这话的时候,人们心里肯定还有另一套台词的,不屑,不以为然,甚至是掩饰不住的讥笑。当然,也有的时候,它是对有派头有气势的人的一种善意的揶揄。有人喜欢低调,有人喜欢高调,应该都是性格使然,倒也不存在谁是谁非的问题,但看不惯的,难免会说上几句,就像人们喜欢用"三棍子打不出一个闷屁"来形容那些性格内向的人一样,对于那些并不讨厌但偶尔有些反感的主儿调侃几句,也是情理之中的事情。合肥人管有些蔬菜的刺鼻气味叫"冲气",韭菜冲气,大葱也冲气,加在了一起,那可不就是太冲气了。

我有时在想,既然有"默默耕耘"这一说,那么就一定会有"夸夸其谈"、"光说不练"的主儿,对于这一类人,合肥人有种说法,叫做:"茶壶打掉襻子,就落个嘴了"。过去,各式各样的茶壶遍布在人们生活的各个角落,民间的歇后语里自然也就少不了"茶壶"这个元素,比如人们会说那些一肚子饱学,但不善于表达的主儿,是"茶壶里装饺子,有货倒不出"。

由"茶壶打掉襻子,就落个嘴了"这句合肥小讲,我们可以看出,那些或巧舌如簧,或油嘴滑舌,但都没有什么真本事,又不愿意踏踏实实地去干的人,难免被人讽刺挖苦。其实这些人或许还是有些才智的,但就是不愿意务实做事,想来也是挺可惜的。

相比之下,还有一种人似乎更不上席面,合肥人说起他们,常常会顺口就来一句:"绣花枕头外面光,里面一肚老粗糠"。其实这种人的生存环境,现在似乎要比过去好上许多,因为很多时候不少人注重的就是外表。而在过去,人们大多瞧不起那些外表光鲜、看起来不错,但没有什么能耐的人。从这一点来看,还真不好说这时代是进步了还是退步了。

有句话曾经很流行,其流行范围应该不仅仅局限于合肥乃

至安徽,它就是:"看人家吃豆腐牙齿快"。不明白事情的门道与技巧,只看着别人做得好、做得快,行云流水,玩儿似的,便觉得自己如果去做,没准会更快、更好、更出色。于是跃跃欲试,不屑之情溢于言表。结果,一上手,立马出丑,一塌糊涂,狼狈不堪。这样的人,自然难免不被人讥讽为"看人家吃豆腐牙齿快"。而他自己,估计到了这个时候,才明白,人家嘴里的豆腐并不好啃。

还有一句合肥话叫做"小秃子过江,一浪一个花头"。乍听起来,感觉有点人身攻击的味道,但在合肥方言(应该不仅仅是合肥方言)中,这样的俗语还真不少。之所以选择这一条,是觉得它挺形象,把那种本事不大、名堂却不少的人的做派,很生动地描述了出来。永远有这样的人:想法很多,但要么光说不练,要么不了了之,于是再换,循环往复,乐此不疲。

瞧瞧,方言是这么有趣、好玩,小讲是如此的通俗、到位。

2012 年 11 月

那一份真切的郁闷
——合肥小讲里的一筹莫展

不放弃,便会幻想,幻想着有一天"人要是走运了,门板都挡不住"。按照现在的思维方式,我们要承认,的确有"运气"这一说,当然,也可以把它理解为机会与机遇,但不要忘记还有一句话:机会永远是为有准备的人准备的。

我一直认为,语言一定是随着社会的发展而发展的,方言尤其如此。在很长一段时间里,当人们处于一种落后、停顿的状态中,那些有才干有抱负的人们很少有机会施展自己的才能,实现自己的理想与追求,于是便会灰心、郁闷,便会发出深深的叹息。

"草窠里的葫芦,还没有见天就老了"是多么令人沮丧的事情。始终没有遇到"贵人"发现并提携自己,始终没有得到机会施展才华,一生平平庸庸,郁郁不得志,不由地叹息,叹息自己是"草窠里的葫芦"。的确,人的一生是否得志的确要看机遇和运气,但也不能排除其中还有一个心态问题,特别是现在,有时也不妨自问：自己是否真的有很强的实力、很高的才华？真的是很委屈？

尽管郁闷，尽管不得志，但在内心里是不肯认输的，有点文人名士的清高，也有点孔乙己的酸腐，还有一点阿Q的精神胜利法。合肥人的"大架子"由来已久，有条件的时候端着，没有条件的时候也端着，因此就有了"酱缸倒掉了，架子还在"这一说。还有一句话叫"死要面子活受罪"，但即便是"活受罪"也还是要那张面子。有传统的原因，有地域的原因，更有僵化的思维模式方面的原因。有时显得可敬，有时显得可爱，有时，则显得有些可笑。

当然，私下里，或者在至亲好友那儿，他们也会放下架子，说些灰心泄气的话。"命中只有八格米，走遍天下不满升"便是他们常常会说、会听到的一句话。有时候，它是一种宿命论，自暴自弃的一个理由；有时候，它是一个理性的判断，清楚凡事不可以过分，适可而止也是一种从容。"命中只有八格米，走遍天下不满升"，应该是那样一个年代里的人们的一种无奈和叹息，在遭遇一个又一个挫折与困顿之后，无可奈何地摊开了自己的手。哀莫大于心死——一个时代的悲剧。

有些俗语被渐渐遗忘直至消失和社会现状有着很大关系，比如"大哥二哥麻子哥，生意买卖差不多"，就是在一种很无奈的情况下，彼此之间的一句戏言。大家都是这个样子，我不笑话你,你也别笑话我。现在想来,那样一种状态下,大家心里都不是个滋味,谁想这样半死不活的呢,真的是没办法呀。

一直处于默默无闻、碌碌无为的状态,任何的努力都没有任何作用,在经历了无数次的失败、失望与失落之后,终于叹口气认命了,周围的人也感觉这小子是没戏了。但是突然有一天,形势发生了逆转,出息了或者有钱了,人们在惊诧、感叹之余,用欣慰的、酸酸的、嘲讽的语调说:"真的是'粪堆也有发热时'啊。"关于这句俗语,我还有一个感觉:它是那个时代里已经灰心绝望的人们的一种无奈中的幻想,是他们不甘于自暴自弃的最后一根救命稻草。

不放弃,便会幻想,幻想着有一天"人要是走运了,门板都挡不住"。按照现在的思维方式,我们要承认,的确有"运气"这一说,当然,也可以把它理解为机会与机遇,但不要忘记还有一句话:机会永远是为有准备的人准备的。而这种准备可能是有意识的,也可能是下意识的。某一天,运气来了,机会到了,名呀利呀接踵而至。如果这样的好事发生在自己的身上,便会春风得意、踌躇满志地说:"人要是走运了,门板都挡不住"。但如果幸运儿是别人,自己只是一个旁观者,那滋味肯定是不好受的,不管是思前想后,还是不加思考,都难免会发出感叹:"人要是走运了,门板都挡不住"。

不管什么时候吧,总是会出现一种现象,那就是:有些人处处得利,有些人事事吃亏。久了,难免吃亏的会抱怨:"好事都归花大姐,坏事总是秃丫头"。这其中暴露出的问题是,以貌取人与第一印象导致惯性思维,其实质是不负责任和草率行事,最终造成评判不公,抱怨不断。其实,不管是过去,还是现在,在抑制不住的怨气面前,我们可以作一个逆向思维,反思一下自己为什么会成为"秃丫头"?

还有一句合肥小讲也很有意思,如今依然会时常被人们提起,它就是"有老王怨老王,没老王想老王"。

"老王"是谁?为什么"有老王怨老王,没老王想老王"?想来他或许是一个家庭(或家族)里的主事,也许是一个单位的领导,他不但很有能力,而且还很强势。那么,极有可能出现的现象就是,这个人在的时候,人们想到的往往都是他的负面,而当这个人离开的时候,则记起他种种的"好"来。说这句话的,有可能是旁观者,清醒理性,也有可能是那些埋怨者,事后冷静下来的一种反思,还可能就是"老王"自己,一肚子的委屈与怨气,同时还有那么一点自信与不甘心,不然,就不是"老王"了。

很多事情,不管在什么时候,都是如此。

2013 年 02 月

爽快生动张嘴就来
——合肥小讲里的地域性格

合肥男人好说"牛逼不是吹的,大蜀山不是堆的"。虽然粗了一点,但绝对是话糙理不糙,它道出的是一种自信甚至自负。张扬的个性,粗犷的语言,豪气冲天,掷地有声。

在大多数人的眼里,虽然合肥地处不南不北的位置,但似乎还是属于南方人。对于这一点我一直很抵触,因为我觉得合肥人的性格绝对是偏北方的,从合肥方言中,就可以找到一些佐证。

合肥话很硬,合肥人说话不喜欢拐弯,不管是高兴还是生气,想说就说,不太注意别人的感受。比如合肥人对于那些特别爱操闲心的人,常常会很不耐烦地用斥责、质问的语气吼道:"老曹妈是怎死的?"因为在大多数合肥人看来,过度的操心,既无必要,也耽误时间,还会给别人造成困扰。但现实往往是,你已经很不耐烦了,他们却是没完没了、有滋有味地纠缠于一些没有意义与趣味的枝梢末节。

我时常提醒自己,要相信生活中什么样的人都会有的。比

如要相信就是有人听不明白别人的话,明明是一句挖苦、讽刺的话,他愣是没有听出来,依然感觉良好,我行我素。这时候,人们便会忍不住大喝一声:"冲你的还当是颂你的。"当然,一句惊醒梦中人只是一种美好的愿望,糊涂的人还会继续糊涂下去的。同时还不能排除有些人是为了自己的目的揣着明白装糊涂,你说你的,他做他的,心理素质极佳。

"给你三分颜色你就开染坊"是我童年里熟知的一句话,等到明白了它的含义,发现生活中还真有不少这样的人。不识脸色,到头来只有灰头土脸地听别人对他吼:"你以为你是谁啊?给你三分颜色你就开染坊!"尴尬至极。怨不得别人,只能怨自己,糊里糊涂,找不到感觉,那只有让别人帮你找了。

有一句合肥小讲叫做"害汉子听不得鬼叫唤",很生动也很传神。我想如果真的有催命鬼,那么重病在身的人(害汉子)一定是最容易被拉走的。同样,那些染上不良习惯上了瘾的人,一旦有外因诱惑,比如赌博,比如吸毒,比如网游,也一定是很容易就被拉下水。仔细想一想,其实"害汉子听不得鬼叫唤"的原因还是在自身,从一开始就缺乏判断力和自控力,导致自己越陷越深,不能自拔。

如果合肥人觉得一个人丢人现眼,会说他,"丢人把牲口都丢得了"。据一位老者说,过去有专门雇伙计牵着毛驴送人这一行,但有的客人半路上借故溜走了,这就叫"丢人",如果客人趁伙计不注意,一拍毛驴跑了,那就是:"丢人把牲口都丢得了"。实际上,现在我们常说的"丢人"是"丢脸、没面子"的意思,而借用这个典故,一是打趣,二是强调不是一般的丢脸和没面子。

如果合肥人觉得一个人不会过日子,会说他是"叫花子(乞丐)搁不住隔夜粮"。"叫花子"会有多少食品可以放到第二天?想必基本上是没有的,"叫花子搁不住隔夜粮"自然也是情理之中的事。那么不是"叫花子"的人,就应该清楚:凡事应该有所计划,有所节制,要有长远一些的打算,否则,人无远虑,必有近忧。只是这样的理念在现在似乎有些过时了,买空卖空,寅吃卯粮,快活一时是一时,时尚着呢。

如果合肥人觉得一个人不会理财,便会说他把"豆腐盘成肉价钱"。这句话像个寓言,豆腐与肉原本价位悬殊,没有什么联系,但偏偏有的时候,豆腐的价钱能够和肉的价钱一个样儿了,于是人们就会分析成本上的原因,运输上的原因,还有人为的原因,然后就会讥讽嘲笑之。当然,有时候的确是情有可原的,但现如今的情形却是:似乎越来越多的人热衷于此道,变着方儿把"豆腐盘成肉价钱"。

在合肥人看来,不管是"害汉子听不得鬼叫唤",还是"丢人把牲口都丢得了",或者是把"豆腐盘成肉价钱",都是挺出糗的,是"出气带冒烟"。有一段时间,我一直在想,应该怎么去理解"出气带冒烟"这句话?想来想去,觉得还是应该从"出气"找起。人们希望自己的生活和人生像一个充气的物件一样,圆润饱满,为了保持这种状态,大家都要努力往里面充气(争气)。如果有人不但"不争气",还一个劲地泄气(出气),甚至把气泄得像冒烟一样,让人笑话,的确是很丢人。

合肥男人好说"牛逼不是吹的,大蜀山不是堆的"。虽然粗了一点,但绝对是话糙理不糙,它道出的是一种自信甚至自负。张扬的个性,粗犷的语言,豪气冲天,掷地有声。同时,它还透露出一个信息,那就是被老合肥人唤作"大头山"的大蜀山,尽管不是很高很美,但名气还是了不得的。

拿地名说事,是方言的一个特点,比如把长丰县的两个地名放在一起,就演变成了一句很著名的"合肥小讲":"下塘集对过——朱巷",取的是其谐音"猪像"。在合肥,如果说一个人"猪"、"猪头猪脑",就是说这个人头脑简单、遇事莽撞。个性与教养左右着一个人的为人处世,豪爽与鲁莽有时只差那么一点点,关键是要拿捏好分寸。

爽快生动,张嘴就来,合肥人的地域性格,就是这么张扬可爱。

2013年02月

总是爱拿动物说事
——合肥小讲里的生动形象

这些人太绝对太偏激了,把人生的路想得太单一,于是,没有了信心和希望。但的确是天无绝人之路,只要不放弃不止步,路是一定会有的,关键是要找到它并走好它。

拿动物说事,是合肥方言的一大特点。都是身边熟悉的动物,都是简单明白的话语,道出的却是一个个实实在在的道理。猴子、牛、猪、乌龟、老鳖、蛇,且听我一个个慢慢道来。

拿猴子说事:"猴子不上树,多敲几遍锣。"

一个简单的道理,却常常会被人忘记。因为急糊涂了,老是纠结于眼前的手段,却忘了还有一个再简单不过的办法,"猴子不上树,多敲几遍锣",这事就办成了。很多时候,我们需要对别人"多敲几遍锣",有的时候我们需要别人为我们"多敲几遍锣",为的是敦促别人,为的是激励自己。

拿猪说事:"乍养小猪筛细糠。"

对于没有做过的事情,过于认真细致,就如同刚刚养猪的时候,连糠都要用筛子筛一筛,难免被别人嘲笑。态度是对的,只是过了,就会让懂行的人觉得好笑。其实这是每一个人都可能做出的举动,比如对新鞋子、新衣服、新装修好的房子,开始的时候,那个仔细的劲头,可不就是活脱脱地"乍养小猪筛细糠"吗?

拿兔子说事:"指兔子给人撵。"

自己不去做,专门给别人支招,乍一看是个好主意,仔细一想,没那么容易,结果想得很美满,对于过程则轻描淡写,也就难怪人家会对他吼:"指兔子给人撵,能干你自己去干呀?"实际上他也明白不容易,真容易做的他还不留给自己?还有一种可能,就是喜欢看别人的笑话,在别人的辛苦中获得快感。

其实,关于猴子、猪和兔子的方言小讲还有很多,牛啊马啊驴啊羊啊,也有不少,虽然大多起源于田野,但流行的区域与年代,却不仅仅是乡村与过去。

比如"一个槽拴不得两个叫驴"、"懒牛上场尿屎多"和"会跑的马儿爱踢人"。

其实我不是很明白"叫驴"是不是就是很难合群、喜欢闹事的驴,如果是的话,那么一个槽拴上一个就已经够受了,如果硬要把两个拴到一块,那绝对是自己找麻烦。我还有一个感觉,无论是一个家还是一个单位,如果有两个强势的人在一起,通常是很难相安无事的。这,似乎也契合"一个槽拴不得两个叫驴"这句话。

因为生长在城里,小时候我对于前面提到的个头比较大的动物并不是很熟悉,甚至还有一些惧怕。但对于鸡呀鸭呀,乌龟老鳖癞蛤蟆,还是比较熟悉的,理解和记忆起来,也要容易得多。

如果两个人(尤其是孩子)总是好争争吵吵的,那么就会有人说他们是"蜈蚣见不得鸡",这个小讲的典故我是清楚的,因为我经常会看到那些势头十足的大公鸡们会从墙角石缝处叨出一条又一条苦苦挣扎的蜈蚣,用锋利的尖嘴把它们折腾死以后再吃下去。民间常说鸡头有毒,估计也与这鸡爱吃蜈蚣有关系。

想来,你看不惯我,我看不惯你,总是在争在吵,见面就掐,这就叫:"蜈蚣见不得鸡"。人与人之间有利益冲突,或者意见不合,争一争也是难免的,天天较劲,就有些问题了。不是太合不来就是有意而为之,没准还是乐在其中,当然,主动权应该在"鸡"这边。

还是在小的时候,总是迷糊于青蛙与癞蛤蟆究竟是不是同一种动物,因为那比较恐怖的外形和一些可怕的传说,我小时候是比较惧怕癞蛤蟆的。大了以后,知道"癞痦瘊子"就是癞蛤

蟆,自然也就明白了为什么"癞蛤蟆子不吃人,相难看"。有些人善于掩饰自己,有些人则不会,虽然人不一定太坏,甚至还很善良,但就因为那副嘴脸、阵势,让人心生恐惧。可见做人还是不可以太草率。

在人们的心目中,乌龟是一种祥瑞动物,但在人们的语言当中,乌龟简直就是一个出气筒,几乎就没有什么好话对它。比如"千年王八万年龟",比如"家乌龟朝外爬"。

遇事不为自己家里着想,把家里的财物拿到外边去,就会被家(家族)里人斥责为"家乌龟朝外爬"。应该都是有原因的,为一己的理想、追求、感情乃至"小家",或者是在道义上站在家族的对立面,或者是决绝的背叛或堕落,不然,是做不出这样的事的。当然,也可能是一种出于偏见而夸大的指责甚至谩骂。

人们为什么管老鳖叫"王八",为什么又有许多人认为"王八"是指乌龟,这里面的名堂还真不少,我们姑且不去管它。但为什么会有"王八写字王八认"这么一说,的确有些费解,如果说老鳖或者乌龟的爪印不成样子,那么又有哪种动物的像个样子呢。不过"王八写字王八认"倒是很明白,很通俗,在别人嘴里,是嘲笑、调侃;在自己嘴里,则是一种打趣和释然。写字如今似乎已经不算是一件事了,可在过去,那是了不得的大事,是门面啊。一手好字与一手烂字,给人的感觉与所受到的评价那是大不一样,有时候,一手好字还会是一种谋生的手段,一个晋升的阶梯呢。

今年是蛇年,自然应该说一说包含"蛇"字的方言,想来想去,还是"蛇有蛇路,鳖有鳖路"比较正面,有些励志的味道。

似乎是在打趣、嘲讽,又似乎是在勉励、打气,"蛇有蛇路,鳖有鳖路",道出的是一个极通俗的道理,但即便这样,往往也不会为人所理解。这些人应该是太绝对太偏激了,把人生的路想得太单一,于是没有了信心和希望。但的确是天无绝人之路,只要不放弃不止步,路是一定会有的,关键是要找到它并走好它。

2013 年 02 月

到处都有这样的人
——合肥小讲里的做人道理

对于那些精明、计较的人,人们往往是敬而远之的。同样,对于那些肤浅、功利的人,人们也是充满了厌恶,对于他们的评价往往也是不屑。

林子大了,什么鸟儿都有,地方大了,什么样的人都有,过去是这样,现在也是这样。评价各式各样的人,是要有水平和阅历的,那些出彩的评语,会让人一下子就记住,并且时常记起,引以为戒。合肥方言中,就有这样一批小讲,很到位,有的堪称经典。

芸芸众生,有的人精明一些,有的人愚钝一些,而精明的人有的工于心计,有的摆在脸上,因而才会有"眼眨眉毛动"、"眼一眨一个主意"之类的说法。前一句偏褒义,这"眼一眨一个主意"则就有些揶揄讽刺的意味,骨子里是瞧不上的,不是觉得他们太过肤浅,就是觉得他们太过精明,不可以亲近信赖。

工于心计,不够大气,计较一时一事的得失,这样的人,用

"一肚子小九九"或者"一肚子加减乘除"来形容,真是很准确。和这样的人在一起,早晚是要吃亏。防不胜防,有时甚至是不屑于防范,于是便让他们得手了。有一点让人弄不明白的是:他们怎么就会有那么大的毅力呢?不容易啊。

不管是"眼一眨一个主意",还是"一肚子小九九",对于那些精明、计较的人,人们往往是敬而远之的。同样,对于那些肤浅、功利的人,人们也是充满了厌恶,对于他们的评价往往也是不屑。

比如,那句长者们在教育孩子、评价同辈时经常会用到的"青石板滴不得三滴水"。青石板,那种大宅子廊檐下铺的青石板,平整、光滑,下雨的时候,水滴便很快就会散开,潮了一大片。单就"青石板滴不得三滴水"的词面看,它是一种自然现象,究其含义,则应该是对那些稍有些收获与成就,就感觉了不得的人们的一种讽刺和提醒,一味地沾沾自喜、感觉良好,弄得周围的人哭笑不得。

有一种人,总是得意忘形、忘乎所以,对自己、别人都没有一个理性的认识和判断,这也就难怪有人会说他们是"一刀抹掉鼻子,不知道前后"。对于这样的人,要么远离他,免得生闲气,要么就是断然警醒他,如果只是泛泛地说说,那是没有什么用的。

还有一种人,被人们称作"纱帽一戴嘴就歪。"其实没准平时还是个挺不错的人,口碑不错,人缘很好,可一旦当上个并不起眼的小官,立刻就感觉自己不得了了,派头十足,不再拿正眼看人。于是就会有人讽刺调侃道:"不得了了,纱帽一戴嘴就歪。"应该是品行、修养方面的问题,或者是之前精于伪装,总之,太浅薄了一些,让人瞧不起。当然,也不能排除周围人的心态也有些问题,原本没有的事,但周围人的心态起了变化,愣是有了这样感觉,也只能一笑了之。

有些人盲目自信,于是有了"依仗大鼻失误事"这么一说。我觉得无论是这句话有没有典故,这个"大鼻"只是一种概念,借指某种优势或者信念。有时候,它的确是很管用,但如果你把所有的"宝"都压在大鼻上,那没准就会是"依仗大鼻失误事"。很多人都会犯这样的错误:开创时期,如履薄冰,兢兢业业,时间一久,找到感觉了,就放松了,结果常常是一连串的"失误"。

有些人太不上进,于是有了"人把他往堂屋拉,他偏要往牛屋挣"这么一说。从字面上看,很明显属于那种不识好歹、不听人劝的主。也许是不求上进,也许是安于现状,也许是破罐破摔,反正就是油盐不进,我行我素。但也不排除是志趣不同,追求不一样,你眼中的敞亮堂屋,没准在我这儿暗淡无光,人各有志,岂可强求?

　　有些人,无论是做人做事,特别不漂亮,这时候,人们就会觉得很无奈,"实心鼻子要抬竿通",不动点真格还真不行。一个鼻子被堵实了,需要借助外力把它捅开,一个人脑袋不开窍,也需要别人帮他搞清楚,这就叫"实心鼻子要抬竿通"。但这似乎只是表面,真实的情况是,一些人在一些事情上面,故意装糊涂玩消失,以逃避自己应该承担的责任与义务,这时候,就会有人气不过站出来,给他挑明了,迫使他无处躲藏,乖乖就范。

　　如果说"实心鼻子要抬竿通"已经有些不像话,那么"要饭还嫌粥稀"则更是让人无语。一个很普通的常识,作为一个叫花子,基本上是没有多少机会提出自己的要求的,人家给什么,你吃什么。但偏偏有一些人即便是要饭,也要挑三拣四,自然也就难免被人讥讽为:"要饭还嫌粥稀"。其实是很容易听出这句话里的不屑与居高临下,但谁让你自己不争气,吃这口伸手饭呢。

　　说起要饭,我想起了小时候经常听母亲说起的一句方言俗语,"丢了讨饭棍,忘掉叫街时"。其实母亲原出生于富足人家,估计是上世纪五六十年代的贫困记忆太深刻了,她老人家才会有这样的口头禅。这句倒是有点忆苦思甜、斥责人们忘本的味道,但现实的情况往往就是如此,丢掉了就忘掉了。

生活常常就是这样,道理大家都明白,真到了自己做的时候,全都是走了样的。

2013 年 02 月

有些话话糙理不糙
——合肥小讲里的通俗表达

哀其不幸,怒其不争,合肥人本来就是火爆的脾气,好好讲不照,也就难免要动粗口了,但绝对要相信他们的本意一定是很好很实在的,还是那句话,话糙理不糙,能够感受到其背后的温情,就不会计较生气。

有些话,你文文雅雅地说,好听的确好听,但没准转眼即忘。如果你来一个"一句话到台口",那么尽管表面上难听一些,但却会记忆深刻,在心里留下很深的印象。"不晓得屎香屁臭"就是这样。

不晓得好歹,缺乏分辨是非的能力,这样的人,常常会被斥之为:"不晓得屎香屁臭"。一句看起来很粗俗的话,表达的是一种愤激之情,忍无可忍,脱口而出。用最通俗的事理说一个道理,表达一种心情,是方言的特色之一,话粗理不粗,你慢条斯理地说上半天,不如他一句到台口,嘎嘎响,嘣嘣脆,解气又解恨。

带有同样元素的俗语还有"屎在哪？屁在哪？"无中生有，什么都还没有发生、出现，就闹腾得沸沸扬扬，最终，难免不会被别人嘲讽。感觉无论何时何地都有这样的人，如今非但是多，而且还是大张旗鼓、轰轰烈烈，美其名曰"扩大影响、增加知名度"，实际上就是炒作。

你别说，仔细琢磨一番，带有"屎"字的俗语还有不少，"萝卜还要屎浇？"就是其中的一个。如今，似乎没有哪一种农副产品不使用肥料和农药的，但据老人们说，在过去，萝卜、大豆、蚕豆等许多植物、蔬菜，都是不需要上肥料的，顶多浇浇水就可以了。这样看来，萝卜的确是不要屎浇的。对于那些既无能力，更无本领，但特别好为人师、指手画脚的人，吼上这么一句，特别地痛快淋漓。

同样，带有"屁"字的俗语也不少，比较著名的就是那句"一屁冲对了"。一眼看上去，这是一句骂人的话，但细细琢磨一下，它里面包含着一些意外和一丁点的赞赏。因为平时不可能有这样的判断，在人们的思维定势中属于可以忽略不计的那个人，居然在一大家子都苦思冥想找不到答案的时候，他站了起来，张嘴就来，而且还就对了，这样的惊喜，远胜过问题得以解决本身。

还有一句话叫做"文不能测字，武不能捞狗屎"。小的时候,大人们经常会把这句话挂在嘴边上,评价一个人,或者警醒自己的孩子。文的不行,武的也不行,那就是废物一个,难免会招人笑话。当然,这应该是一种比较绝对的说法,但人生在世,也的确要有一些谋生的手段与技能,如果生存不下去,一切都是虚的,一切都无从谈起。

现在想来,那时候自己对于"文不能测字,武不能捞狗屎"这句话并没有多少好感,因为听得太多,因为自己心里也是虚的。而且那时的我绝对不会想到,如今的我居然也会时常拿这句老话来教训、挤兑自己的孩子。当然,现在的我已经完全理解当年大人们的心情:爱之切,爱之深,唯恐自己的孩子学不到本事,没有能耐,长大以后吃亏受苦,看人家脸色受人家的气,"热脸蹭人家冷屁股"。

"热脸蹭人家冷屁股"也是一句很不上台面的话,但却是很形象生动。因为在旁观者,它是一种很直接的警告,挑明了事情结局;在自己,是一种辛酸的诉说,万般无奈后的下策。"热脸蹭人家冷屁股",无论从哪一个方面来说都是一件很难堪、很尴尬的事情。没有什么可以定论的是非,也没有一个可以遵循的标准,有的只是一个简单的道理:自己行为是否真的值得,自己的感觉是否真的准确。

在合肥人眼里,"猪大肠子"是一种很烂的东西,很难扶得

起来。而生活中有一种人,就像是泄了气的皮球,任你怎么想方设法都不能够让他振作,从而有所作为。于是合肥人就会说这样的人是"属猪大肠子的",是"猪大肠子扶不起来"。人生在世,的确是需要一点精神和追求的,也是需要对自己对家庭甚至是对一些人负责的,否则,就不会有动力,就不会打起精神努力去拼去做。

还有一句话也很有特色,它就是"没摸到坟茔乱哭"。说它是一个指责,更不如说它是一个嘲讽。生活中,特别是在现在的生活里,这样的人,每天都在出现;这样的闹剧,每天都在上演。不一定都是肤浅、浮躁,有时候,它是一种习惯;有时候,它是一个阴谋。当然,也不排除是一些荒唐人做的荒唐事,不妨一笑了之。

说过"坟茔",我们不妨再说一说"鬼",你别说,合肥方言中还真的就有一句话带"鬼"字的,它就是"做鬼都掐不死人"。把话讲到了极致,透露出的是极端的失望与灰心,"做鬼都掐不死人",还能有什么指望呢?究其原因,有的人的确是能力问题,有的人是太不上进。并不是想把人看扁了,或者一棍子打死,只是恨铁不成钢。这样的人,没办法用好与坏来评判,在社会的架构中,他们似乎是心甘情愿地一直往下走。

哀其不幸,怒其不争,合肥人本来就是火爆的脾气,好好讲不照，也就难免要动粗口了，但绝对要相信他们的本意一定是很好很实在的，还是那句话，话粗理不粗，能够感受到其背后的温情，就不会计较生气。

2013 年 02 月

做人其实并不简单
——合肥小讲里的人生哲理

人生在世,不但要独善其身,更应该兼善天下,往小里说,最起码你要尽自己的力量帮助人,合肥人管这叫做"卫护"。"亲为亲,邻为邻,包老爷卫护合肥城",讲的就是这个道理。

做人,是一门很深的学问。关于这,"合肥小讲"里的不少句子很有特色很精彩,比如"开水不响,响水不开",再比如"大舅舅二舅舅——两舅舅(就就)"。

作为一种自然现象,"开水不响,响水不开"是对的,作为一种评价人的标准,也是正确的,但在我的印象中,它常常是一种训诫和目标——少说话,话说多了显得没有水平。可问题是,没有水平硬绷着,也是没有用的。

利用谐音也是方言俗语的一个特点,"就就"在合肥方言中有互相迁就、包容进而向一起靠拢的意思,而"大舅舅二舅舅——两舅舅"就是利用"舅舅"的谐音表达"就就"这个意思。

人生在世,很难有完全合意、合拍的伙伴、搭档和同事的,因而就需要彼此之间互相包容、谦让,否则,就谈不上合作,更奢谈成为朋友。

总的来说,做人除了谦虚一些,包容一些,还应该实在一些,明白一些。在合肥人嘴里,这就是"打人来,骂人来,亏人不来"和"抻直比拽直好"。

"打人来,骂人来,亏人不来。"很流畅的语句,讲的是一个道理。显然,"打"与"骂"只是表象的极致说法,但这个"亏"字,却是道出了问题的关键。表面上的争争吵吵再厉害,即便是当时真的很生气,都不会大伤感情。但如果别人和你玩"阴"的,把你当傻瓜,那么就会狠狠地伤了你的心,再也不愿意理睬他。这,便是所谓的"亏人不来"。

而"抻直比拽直好"则是一句劝人的话,自己主动一些、姿态漂亮一些,省得别人找上门来。已经说得很清楚,结果也已经摆明在这儿了,如果再不觉悟,那只有自取其辱,悔之晚矣。

但生活往往就是这样,当局者迷,心存侥幸,劝是劝不过来的。于是人们便会高人一般作出预言,而这些预言往往还是挺准的。

合肥人常说:"瓦罐养乌龟,越养越缩骨。"因为在合肥人看来,一个人(特别是男人)越来越小气,越来越胆小怕事,上不得台面,撑不直腰板,就叫"缩骨"。就像在瓦罐养出的乌龟一样,越来越让人看不上眼。有外部的原因,更有内部的原因,但最

根本原因还是自己没有底气和实力,缺乏自尊和自信,久而久之,自然只能做一个缩头的乌龟,任别人笑话去。

合肥人还好说:"乌龟爬门槛,大有一跌在后面。"有些人一直处于一种较为舒适的状态,一直安逸于某种环境,但周围的人(长辈与智者)却已经看出事情的实质,预见到长此以往会出现的一种状况:挫折与落差。"乌龟爬门槛,大有一跌在后面",一句话也许可以惊醒梦中人,一句话也许会被当作耳旁风,对于年轻人和孩子来说,往往就是"不听老人言,吃亏在眼前"。

非但是做人,对于教育子女也有类似的话,比如:"惯子不孝,肥田收瘪稻。"当然,尽管这是一个普遍现象,但却不是绝对现象。我小的时候经常听到有人这么说,而且私下里竟有些心虚,因为别人常说我是家里的惯孩子。不过这样的俗语,无论是对于做父母的,还是对于做孩子的都是一个提醒,因为很多时候,往往愿望是好的,但结果却是令人尴尬、失望的,那感觉真是很挫败。

人生在世,不但要独善其身,更应该兼善天下,往小了说,就是最起码你要尽自己的力量帮助人,合肥人管这叫做"卫护"。"亲为亲,邻为邻,包老爷卫护合肥城",讲的就是这个道理。说的是人们应该相互关照、相互帮助这样一个朴素的道理。所举的例子很有地域特色和历史高度,包公包老爷,在合肥家喻户晓啊,包老爷都这样了,咱们还不这样吗?想想还真是这样，千百年来，包公给咱们合肥老乡带来的，是人格的榜样，道德的标杆。

有些话，一眼看上去就是经典，有些，则需要好好琢磨琢磨。后面列举的两条"小讲"，应该属于这个范畴。

比如"会跑的马儿爱踢人"，这是一个常识呢，还是一种错觉？我们可以这样想，一匹马儿，因为跑得好，所以经常会被拉出来干活，也许会吃得好一些、住得好一些，还可能得到主人几个夸赞的手势，但总是要干活，总是在路上，难免会累会烦，难免会有些情绪，于是撩起蹄子给主人一下。而那些不会跑的马儿，永远不会也不敢这样。这样想想，"会跑的马儿爱踢人"还真的不无道理，再遇上这样的人，心里就平衡许多。

还有一句合肥小讲叫做"一斗米养个恩人，一担米养一个仇人"。单从字面上看，似乎很有些费解。我想这其中牵涉到一个"度"的问题，关键的时候帮上一把，或许可以让对方得以支撑和休整，如果大包大揽地承担下来，让对方依赖于你，总有一天会因无法有求必应而招致对方的不满。善良的人都容易犯这样的错误。把握"度"从表面上看，是一种世故，实际上是一门学问。做事是这样，做人，更是如此。

2013年02月

最是小讲滋味多

其实，我在收集和演绎小讲之初，心中并没有太多的感受，更不用说感慨了。但经过这几年的琢磨和经历，渐渐地，感觉自己能够品味出一些各不相同的滋味。

"合肥小讲"可以说是我最近用得较多的一个词，在我之前出版的《享受合肥方言》里，就专门有一章叫"合肥小讲"，在这本书的自序中，我是这样描述"合肥小讲"的："给'合肥小讲'下定义有些困难，俏皮话？民间幽默？插科打诨？似乎都有一些，但又都不够确切，或许，把它们合在一起就比较全面了。在这些小讲中，有风趣幽默，有旁敲侧击，更有一些话粗理不粗的道理，生动形象，张口就来，属于典型的民间智慧，它的根扎得很深，因此至今仍然枝繁叶茂，充满生命力。"

从各方面的反应来看，我所搜集和演绎的"合肥小讲"还是颇受欢迎的。今年初我在《新安晚报》上发了一篇关于合肥小讲的文章后，收到一封由报社转过来的读者来信，写信的是一位姓彭的老先生，彭先生在来信中除了对我的文字给予勉励之外,还给我提供了他留意收集的几则小讲。这令我既感动又欣喜,因为彭先生提供的几则小讲,为我正在续写的"合肥小讲"提供了有益的线索和佐证。

给我印象深刻的有"红大椒(辣椒)还有绿葛蒂(根蒂)"、"花篮装泥鳅,走的走溜的溜"和"十个叔子抵不上一个老子,十件褂子抵不上一件袄子"。

合肥人称红辣椒为"红大(dē)椒",在他们看来,即便是红透了的辣椒,它的蒂也是绿的,所以一个人是不可能完美无缺的,一件事情也不可能做得十全十美。一种朴实的生活哲学,对于那些看待人和事过于绝对的人,是一种巧妙的讽刺;对那些追求极致完美的人,是一种善意的提醒。但如果是说自己,则往往是一种开脱与狡辩。

一些人,也许是在开会,也许是在出差,总之是正在做着应该做的一件事情,但由于管理的不到位,不断有人借故走开,或者干脆就是不打招呼便溜之大吉。这样的现象,与用一个有着许多洞眼的竹篮子来装泥鳅,简直是一样一样的。想想那情形那感觉,让人不得不佩服民间语言的形象、生动和到位。

至于"十件褂子抵不上一件袄子,十个叔子抵不上一个老子",这句挺长的小讲则有些世态炎凉的味道,但也有它的道理。因为的确是没有哪种东西能够完全代替另外一样东西,感

情上的事更是如此。用"十件褂子抵不上一件袄子"引出"十个叔子抵不上一个老子",既自然又贴切。细想起来,很多事情都是如此,我们总以为我们无所不能,我们总想包揽一切,然而……

9月份在参加"合肥文化大讲堂"筹备会议时,著名文化专家戴健先生说了一句小讲:"学会招答对,一生不受罪。"因为是第一次听说,对"招答对"三个字有些吃不准,回来后便向老父亲请教,谁知老父亲非但是知道这句话,而且还非常感慨,因为这是祖母留给他的最后一句意味深长的方言俗语。

祖母是在被查出有心脏病后不久去世的。30多年前,祖母最后一次去医院看病的那天早晨,老人家早早地起来,看见我父亲在院子里用钉子加固一把椅子,微微笑了一下,说:"唉,学会招答对,一生不受罪啊。"

我感觉自己挺能够明白祖母那一刻的心情:既欣喜也有些许的辛酸。欣喜的是我曾经生活优越的父亲在经历多年的磨难之后,不但能够一直坚强面对,而且还掌握了不少生存技能和技巧;辛酸则是因为,尽管环境有些好转,但"魔咒"还在,家境窘迫,我正值壮年、极富才华的父亲仍然困陷于生活的琐事之中。

在很长的一段时间里,祖母一直尽力关心呵护着我的父亲和我们全家,老人家留给父亲的最后这句话让父亲和我们至今提起,依然唏嘘不已。

合肥人管对付叫"对答(dèi dē)","学会招答对,一生不受罪"。生活中,如果我们都能够学会一些用得上的小技艺和小技巧,那么无疑是很有好处的,一些常见的小问题就会很快地解决。不用求人,更不用受罪。对于那些只注重书面知识,疏于实践,动手能力和应变能力差的人们来说,它是一种提醒;而对于那些既注重书本知识,又注意身体力行的人来说,它又是一种夸赞与肯定。

其实,我在收集和演绎小讲之初,心中并没有太多的感受,更不用说感慨了。但经过这几年的琢磨和经历,渐渐地,感觉自己能够品味出一些各不相同的滋味。最是小讲滋味多,这"滋味"中,有爱,有恨,有收获,也有失落。拍案叫绝,低回感叹,思绪随之起伏,五味心中杂陈。

2013 年 03 月

四古巷的家

4年多的时间里,我们家,特别是父亲母亲,过的是怎样的生活,不用问,也是可以想见的。而我从那里开始的人生,似乎注定有一种忍耐又不屈服的禀质。

说实话,我不知道是否应该将那大半间房子称为"四古巷的家",因为我并不知道它所属的那所大宅子有没有一个门通向四古巷——尽管它距离四古巷是那么的近。

我曾请父母回忆那所大宅子的情况,哪怕是零零碎碎、星星点点;也曾随父母站在红砖楼房与长江饭店之间的空地上,试图寻觅当年的蛛丝马迹,并竭力回忆与确定那"半间房"的位置。

据母亲说,那儿原来是杨家的宅子,一共有七进(即七排),大门对着后大街(今安庆路),后门对着前大街(今长江中路),"半间房"位于宅子的第四进东边。1958年我们家住进去的时候,后两进的房子已经拆除,整个宅子已进行了"私改",由房产局管理,第四进东边原来的住户因为家庭变故,退出了一大半的面积,房产局用竹篱笆扎了一下,给了我们家。母亲说,这件事,还得感谢我在房产局工作的大姑,如果没有她,我们家还不知道要到哪里去找遮风挡雨的地方。

"半间房"长约4米,宽3米左右,在这样一个十多平方米的地方,要放上两张大床、一个立柜、一个卧柜、一个小桌子、一个小碗柜,以及一个煤炉和一些居家必备的锅、盆、桶、缸等杂物,其拥挤的程度是可想而知的。年轻、利索的母亲经常独自一人调整房间的布局,可让母亲犯难的是,无论她怎么调,总有一张床要正对或侧对着门,这让曾经一向居住宽敞、讲究的她很不习惯。

"半间房"最多的时候住8个人,祖母带大哥和二哥睡朝里的大床,父亲母亲带三哥和我睡朝外的大床,一直跟着母亲的小舅则在门边的卧柜上安身。父亲被发配到城西服劳役和我没有出生的时候,这种状况要稍稍好一些。

那时,父亲被贬为"另类",一家人被逐出市政府宿舍,也遭到了周围人的白眼甚至亲友的冷遇。就是好不容易有了"半间房"这么一个落脚的地方,也难免还要受人欺负。母亲说过的一件事给我的印象很深刻。由于我们家住在第四进,平常进出都走后门,一个寒冷的冬天,母亲在学校参加政治学习,回来晚了,后门被最后一进的人家关上了,任母亲怎样叫门,那户人家就是不理。母亲只好绕到前门,还是一个热心肠的大嫂为她开了门,但在经过一进进房子的穿堂时,还是看了不少势利小人的脸色。

我们家是在我出生两个月之后离开四古巷的,那时候,父亲的境遇有了一些好转,争取到了长江东路南边小马场巷里的两间草房,在那儿一住就是十几年。

父母不愿多说在"半间房"时候的事,我也不想多去打听。其实,从1958年的秋天到1962年的11月,4年多的时间里,我们家,特别是父亲母亲,过的是怎样的生活,不用问,也是可以想见的。而我从那里开始的人生,似乎注定有一种忍耐又不屈服的潜质,从这层意义上来说,尽管只住过60多天的时间,但四古巷的家对于我,是重要的。

还有一件事不得不说,那就是,四古巷的杨家,就是出了蜚声海内外的杨振宁教授的杨家。我们住进去的时候,杨振宁的养母还住在宅子的第三进,而据说杨振宁就出生在我们家所在的第四进的东侧。上世纪70年代杨振宁教授回合肥的时候,他的婶母还活着,依然住在老宅子里,境况很差,行动不便,神志不清。杨振宁教授还特地去看望了她。

杨家老宅子应该是在70年代末的旧城改造中彻底消失的,现在想来,无论从哪方面来说,都是很可惜的。

2006年11月

40多年前的那一天

有时,我觉得生活的目的很简单:让父母开心,让他们笑起来,让他们有一个幸福的晚年,比什么都重要。是的,有时生活就这么简单,简单得让我信心十足、温暖无比。

40多年前的那一天,母亲生下了我。

那是中秋节的前三天,早晨时分,母亲在保健院生下了我。没有什么亲人在旁边,父亲被发配在外地,亲友们或自身难保、或已疏远,祖母肯定是在我们这个小家帮助我们度着难关的,但家中还有三个孩子要照应,晚上也不在医院。孤独的母亲就是这样在医院生下了我。

母亲第二天便出院了。当身体虚弱的母亲抱着出世才一天的我行走在回家的路上,心中充满着的,应该是倔强与悲凉。母亲永远不会忘记,迎面走来的一个同事——一位年长的女教师,关切地伸出双手,接过襁褓中的我,搀扶着她回到家中,那一路上的责怪与叮嘱,母亲至今都记忆犹新。我也认识那位老师,姓吴,温和而慈祥。

真的要感谢我的母亲，在那样一个生存状态下，毫不犹豫地将我抱回了家。在那个年代，并不是每一个像我一样的孩子都能够被父母抱回家的。我认识的一位生性柔弱、和母亲处境相似的阿姨，在别人的劝说下，流着泪将才生下不久的孩子送了人，为此后悔了许多年。虽万不得已，但骨肉分离，作为一个外人想起来都觉得凄惨，更何况一个柔弱的母亲！

母亲和父亲一起将我和三个兄长养大成人，其间经历了多少艰难、多少困苦，尽管母亲很少提起，但我们心里清清楚楚，母亲和父亲的付出真是太多太多。

母亲很少提起她遭遇的苦难，却始终记着孩子们遭的苦、受的委屈，我们兄弟几个在恶劣的生存环境下的缺衣少食，政治歧视下的隐忍低调，全在母亲的记忆中，每每提及，都不禁怃然。

早晨，母亲又说起生我时候的事。母亲似乎有些歉意地说，如今的我身体不够健壮与当年她月子里没有营养、只吃了两条鱼有关系。我摇摇手，没让母亲说下去，一个月子两条鱼，于三餐不保的日子或许已是很好的营养，但这样的月子对产妇的身体造成永久性的伤害，却是不争的事实。如今的母亲因体弱缺钙而造成的骨质疏松、膝盖肿痛，进而行走困难、极易骨折应该是那个年代的苦难生活留下的后遗症。

有时,我在想,母亲是以牺牲自己的健康为代价养育了我们,作为儿子,无论怎么做都不足以报答母亲的恩情。母亲生下了我、父母养育了我是多么的不容易,珍惜生命,让它发光、让它更有意义才对得起父母的辛劳。

有时,我觉得生活的目的很简单:让父母开心,让他们笑起来,让他们有一个幸福的晚年,比什么都重要。

是的,有时生活就这么简单,简单的让我信心十足、温暖无比。

2006 年 10 月

捉襟见肘过新年
——上世纪60年代的年俗往事

相比现在,那时候邻里之间往来要密切的多,圆子炸好了以后,街坊邻里关系好的,都会送上几个,于是,一家子的快乐便会发散开来,为那个清冷苍白的年代添上一抹温暖。

上世纪60年代,天灾人祸,经济萧条,食品短缺,民不聊生。但是即便如此,老百姓的日子还得继续,该过的年依然要过。

腊月二十三小年一到,忙于自保和生存的人们猛然间意识到,要过年了,到了扫去一年的灰尘的时候了,于是将家里能搬出的大小物件搬到室外,实在搬不动的找一些废纸旧布盖上,然后用毛巾将头扎起来,将扫帚绑在长杆上,把房间里的上上下下,通通扫上一遍。墙面、房梁(那时候还是平房居多)、拐拐角角,一处也不放过。

扫完了尘,便开始擦拭家具和门窗,那时候的门窗有许多样式,除了能够开关的玻璃窗,还有横竖格的那种简易窗户,将它们擦干净以后,便开始糊上新的窗纸,以遮挡风寒。一般就用报纸糊,讲究一点的人家才会用白纸,透亮干净。那时候还时常闹"备战",于是,有时还要在玻璃窗上贴上米字型的纸条。

家里收拾干净之后,便要打理个人了,理发、洗澡是必不可少的。理发相对要简单一些,不管是男是女,基本上没有什么式样,也没有什么讲究,只是排队的人很多,要多等一会儿。洗澡就要"隆重"得多,除女同胞外,一家老小,找好时间,带上换洗衣服,一起去大澡堂。交钱,等待,然后在大池子里好好地泡上半天,将周身上下仔仔细细地洗上一遍,仿佛要把一年的风尘全部都洗掉似的。

接下来便是置办新衣和年货了。再困难的人家,过年也要尽量给家里每个人添件新衣服,做几样好吃的菜。那时候的衣服基本上是扯布到裁缝店去做,由此,年关的时候,裁缝店的生意也是非常火爆。所谓"吃",也就是吃好年三十晚上的那一顿年夜饭,一定要有一点肉,一定要有一盘"元宝鱼",一定要炖一只老母鸡,再有就是炸圆子了,菜油、糯米等东西一定要早早张罗,不管是凭票排队还是"黑市"交易,想尽办法也要把圆子给炸出来。

炸圆子的时候,要先把煤炉伺候到最佳状态,然后几乎是

全家齐上阵,剁馅、调味、和馅、揣匀,做成型后下锅,既热热闹闹,又有条不紊。大人们忙得不亦乐乎的时候,孩子们也是一刻也静不下来,或者围在油锅前,或者跟在大人的后面。等到大人们将炸过稍凉下来的圆子装上一碗,再回一次锅后,孩子们终于安静了下来。当每个孩子的手上都发到一个圆子的时候,他们那种开心啊,真是很感染人。

相比现在,那时候邻里之间往来要密切得多,圆子炸好了以后,街坊邻里关系好的,都会送上几个,于是,一家子的快乐便会发散开来,为那个清冷苍白的年代添上一抹温暖。

除夕贴对联的风俗依然在继续,不过那会儿其内涵已经完全颠覆,最高领袖的诗词语录和那些革命的、口号式的内容充斥其中。当墨汁未干的春联贴上大门的时候,年夜饭前的关门炮响起来了。关上门,一家人按长幼尊卑围坐在大桌边,开始一年间最正式的一顿晚餐。

"年"过到这个时候,该做的事情已经做得差不多,该花的钱也花得差不多了。但这钱到底有几家能够独立解决,却是一个大大的问号。当贫困成为一种普遍现象的时候,大多数民众只能依靠互相帮助,才有可能将一个"年"过好。因此,年关的时候,也是"打会"、借钱的高峰期。

所谓"打会",就是几户人家凑在一起,每个月到固定的日子拿出数量相同的钱,交给其中一家,因此这样的"会"只要有几家参加,就得持续几个月。这样做的目的,就是采取强迫存款的方式,让每一家都能够得到一份数额较大的钱,然后购置一两件大物件,或者办一件所谓的"大事"。"头会"往往是给急需要用钱的那户人家,大伙儿打这场"会"的目的,就是联手帮助他们家救救急。作为特定时期筹集较大一笔钱的手段,"打会"因为其互帮互助的性质为贫困的生活增添了一些温情和希望。

艰难和困苦,主要还是压在大人们的肩头和心上,孩子们有一件新衣服穿,有几顿好饭吃,立刻会开心得不得了。大年初一的早晨,天还没有亮,也就是五六点钟的光景,他们就起来了,一个叫着一个,很快就是一大帮子了,像一群喜鹊般的,从一家跑到另一家,"拜年啦!""新年好!"叫个不停。这时候,每家的大人都会捧出瓜子、花生、糖果、饼干等食品,孩子们有些腼腆地一人拿上一点后,又会赶向另一家,一大圈下来,天已经大亮了,而每个人的口袋里,也都装满了各色点心,足够他们珍藏、品尝许久。

捉襟见肘过新年,但即便是这样的新年,依然能够让人感受到一些快乐和趣味,而这些快乐和趣味,在那样的时代,真是很难得很珍贵的。

2010 年 02 月

普通人的传奇

  但母亲是一个倔强的人,她不愿意向任何恶势力低头,每天,她一如既往地精神抖擞地去上班,一如既往地做好自己的工作,同时与一切的不人道不公道作着坚决的抗争。

  所谓"普通人",是指那些平平凡凡的人,他们过着普普通通的生活,做着普普通通的事情,没有什么大的建树,也没有什么杰出的贡献。我母亲就是这样一位普普通通的女性。但普通人也有普通人的故事甚至传奇,对于卧病多年的母亲来说,能够活到80岁,就是一个了不起的传奇,因为这意味着在过去的40多年中,老太太在与病魔的抗争中,始终没有松劲,没有屈服。关于这一点,我之前曾专文叙说过,我今天想说的,是老太太最新的传奇故事。

  去年12月上旬,老太太在家里轻轻地崴了一下,不得了,行动不便了,尽管她努力试图站直走好,甚至还颇为镇静地织起了毛衣,但撑到晚上,还是由于疼痛加剧被送到了医院。结论很快就出来了:两根耻骨骨折,立即住院治疗。

母亲的住院,让我们这一大家子顿时转入一种特别状态,老爷子肩部多日不适,一直拖着,没有做很好的治疗,这回干脆也办了个住院,一来彻底治疗一下,二来老两口也好有个伴儿。老太太的心由此一下子踏实了下来,治疗、检查、康复锻炼,一路顺汤顺水地就过来了,20天后,已经能够自己挪下床,乃至自己坐到坐厕椅上了,真是很不容易。

老太太于是急着出院,让大儿子赶紧去江南,和大媳妇一道照顾怀孕了的孙女儿;让其他几个儿子媳妇也能够松一口气,逐步回归正常的生活。离开医院的那一刻,我真是很感慨:老人家可真是了不起,知道只要她一天天地好起来,就是对孩子们的最大支持,为此,她一直在忍受、在努力。

回到家里的老太太,在经过一个短暂的适应期之后,又做出了让我们刮目相看的举动,自己穿衣服,然后坐上轮椅,然后用双手操作着双轮,前进、后退,转弯,还坐在轮椅上,按下全自动洗衣机的按钮,将一大堆脏衣物洗得干干净净。

老太太大多数时间是躺在床上的,她让人把电话接到床边,又把手机随身带着,于是时时刻刻都不会闲着了,操操孙儿们的心,查查我的岗,老人家做得是有板有眼,同时很有节奏感。往往是你刚在心里琢磨着,老妈这会儿怎么样了?老人家电话就到了,说说闲话,通报一下她的情况,最后以一句"没事"

收尾。让你刚刚悬起来的心一下子又踏实下来了。当然,老太太也不忘记用电话行使她的职权,发布一些命令,比如前几天她就打来电话,说经过她和老爷子的慎重商量,考虑到她的身体状况及可能发生的天气变化(晴冬烂年),决定今年的年夜饭不在外面吃了,让我尽快把饭店给退了。

上周,老太太对我说,她想买一件棉衣,老是坐着不动,还是穿些棉的可能要暖和一些。我问她以前给她买的那些棉衣哪里去了,她有些不好意思地说,送的送、扔的扔,剩下的也不知道放在哪里了。我有些得理不饶人地说:好吧,就喜欢送人,让你多留一件你偏不,这下抓瞎了吧?老太太朗朗一笑:"年纪大了,要那么多衣服干嘛?"

今天中午,因为朱少飞兄出书的事,一帮文化、出版、发行的朋友聚在一起,闲聊当中,少飞兄得知我母亲曾经在长江路第二小学工作过,便打听老太太姓什么,最后,密集快速地交换信息后,我用自己有限的一些记忆,初步确定少飞兄应该是母亲的学生。少飞兄有些激动,总在说:"不知道刘老师可记得我了?"对此我也是不敢确定,毕竟,40多年过去了,而母亲的学生又是那么的多。又等了一会儿,我估计母亲午休时间差不多了,便拨通了手机。让我感觉不可思议的是,当我问她可认识朱少飞时,他老人家竟然一点儿也没有犹豫地回答:"认识,他们家是卫生厅的,你问问他跟左××是不是一个班的?"少飞兄一听,仿佛要跳起来一般:"一点没错,我们家是卫生厅的,左××是我同班同学,××大院的。"末了,颇为感叹地说了一句:"刘老师的记性可真好,快50年了,她竟然还记得那么清楚。"

师生间短暂地通话过后,少飞兄便和我说起记忆中的"刘老师":瘦瘦的身材,烫着头发,穿着高跟鞋,相对讲究的衣着,用现在的话来说,比较时尚甚至前卫,而那时的老师大多都不是这样。班主任,带学生们去逍遥津公园玩(显然,很受学生们喜欢);后来被"靠边站",有一个男老师鼓动学生们去批斗她,说她家是地主(应该是"文革"开始了)。我一边听着,一边补充着一些细节,于是,事情就变得有些清晰了。

母亲出生在一个富裕的家庭,但财产掌握在她伯父的手里。她的父亲是一个读书人、一个教书匠,也是学校校长,当过的最大的官就是老合肥县的教育局长,不久又回到学校做校长。她的母亲和父亲都是新政权的第一批参加者,曾经得到过很大的重用,后来因为父亲遭受厄运,母亲也跌入生活的底层,各种不公平、不合理的事情接踵而来,来自各个方面的冷眼与歧视不断挑战着母亲。

但母亲是一个倔强的人,她不愿意向任何恶势力低头,每天,她一如既往地精神抖擞地去上班,一如既往地做好自己的工作,同时与一切的不人道不公道作着坚决的抗争。"文革"开始后,在父亲的支持下,母亲更是以一种积极的状态回击来自各方的攻击和谩骂,始终不愿意低下她的头。当那个带头批斗她的男教师弄巧成拙地成为"现行反革命",并最终锒铛入狱;当那批与她并没有什么恩怨和仇恨的人们始终没有把她"打翻在地",只好无奈放弃之后,母亲的身体也走到了崩溃的边缘。

现在想想,老太太当年可真够勇敢的,单枪匹马、绝不退缩,太厉害了。那些"群起"之人一定很郁闷,一个出身不好、丈夫遭打压的瘦弱女子,哪来这么大的勇气和胆量,愣是让他们这些"革命分子"的目的没有达成。

应该还是信念,执著而坚定的信念,所以一直坚持,所以一直不愿意倒下。这一点,给我的影响很大,并且时时记在心里。尽管过去了许多年,但至今我仍然记得母亲当年的脚步声,快速、坚决、有力,每天中午和傍晚,只要听到它由远而近地在小巷中响起,我的心中就会涌起一阵欣喜:"妈妈回来了!"

2012 年 01 月

父亲母亲

有时候觉得,父母有些文化水准是件很有意思的事情。因为他们有时候会让你觉得很难对付,有时候又会让你觉得特别好沟通。在他们那儿,找自信不容易,可若是找到了,感觉很好。

老父亲因胆结石住院,手术已经三天了,日渐好转;老母亲坚持独自在家,自理得很好。二老每天电话联络数次,互报平安,互相叮嘱,同时又让孩子们精心照料对方。昨晚陪母亲看电视的时候,说今天陪她去医院,同时踏踏青,看看风景。母亲欣然答应,并在电话中告诉父亲:明天我到医院看你。

今天一大早,昨晚睡得极迟的我就被电话叫醒。洗漱吃早餐后,去后楼父母家,准备好一切,便和儿子一道,用轮椅推着母亲去医院,路上车水马龙,很不好走,不过还是很顺利地到达了医院,用时45分钟。老两口见面后,说了不少的话,又互相嘱咐了一番,因为父亲有几个治疗,母亲不是很放心,便在医院停留了一段时间。

我们11点10分离开医院,想着让母亲看一看西山的樱花和环城公园的景色,便绕了一段路,然后沿桐城路回家,顺便还买了萝卜,准备给父亲煮汤喝。这一路走得可有些辛苦,大太阳天,气温高,路途远,走着走着便感觉有些累了,临近小区的时候,我感觉彻底没有力气了,好在有儿子换换手,12点30分,终于到家了。

用轮椅推着母亲出门,已经多次了,比这次路途远的也有过。上一次是双肩有些不舒服,这一次则是感觉很疲劳,估计与睡眠不足有关系。不过能够让母亲出来看看,特别是能够让互相惦记着的老两口见见面,还是挺值的。到家后害怕母亲太累,母亲却说:是有点累,但你们不是更辛苦吗?说完便去厨房做饭了。

母亲的腿不好,但这似乎并不妨碍她老人家做家务,洗衣做饭搞卫生,虽然是慢慢地来,但总是忙个不停。父亲平时则负责外出采买,4楼,一天要上上下下好几次。早就想着给他们请一位钟点工,但是二老特别是母亲不同意。昨天大哥又和我说起这件事,最后还是决定尊重二老的意愿,没准儿,这就是他们的长寿秘方呢。

人们常说理想的夫妻关系是互补型的,这话的确有些道理。父亲和母亲现在更是让这种"互补"上了一个台阶,比如父亲听力不好,母亲则是听觉极好;母亲的腿脚不利索,父亲却是步履矫健;父亲极注重桌面与地面的清洁,母亲则几乎包揽家里所有的洗洗涮涮的活儿,各种性能的洗衣机,她老人家都能够运用自如。

父亲每次出门,不是买回来生活必需品和蔬菜食品,就是带回各种各样的见闻,母亲对于外面世界的了解除了各种媒体,就是父亲了。看书、读报、看电视是父亲和母亲每天必做的事情。相对来说,母亲读的小说要多一些,父亲则更关注的是古典文学和自己作品的整理和修订。两位老人家很享受现在这种安静祥和的生活。

父亲和母亲会经常在一起聊聊天,内容五花八门,什么都有。外面的世界,自己的家庭,过去的记忆,现在的生活,有时候很感慨,有时候很愉快,有时候也有些消沉郁闷。他们还常常在一起交流、反思彼此的一些言行,互相提个醒。我们回去的时候,经常会听到他们最新的感悟和体会,以及一些"决定"和"指示"。

有时候觉得,父母有一定文化水准是件很有意思的事情。因为他们有时候会让你觉得很难对付,有时候又会让你觉得特别好沟通。当他们一针见血地指出一些问题的时候,你会觉得他们可真够厉害;当你从他们那儿寻得一些智力支持的时候,

你会感慨老人家真不简单。在他们那儿,找自信不容易,可若是找到了,感觉很好。

父亲母亲经常叹息他们老了,帮不了我们什么。其实从大的方面讲,他们言传身教了我们很多;从小的方面说,他们双双年逾八旬,仍然生活自理,尽力保持身体健康,尽量不给我们找麻烦,这不就是对我们最大的支持与帮助?没有后顾之忧,真得感谢父母。

应该说,优雅平静地生活着,于自己是一种心态与境界,于别人是一道风景。但是父亲母亲是不太在意别人怎么想怎么看的,他们的性格与教养决定了他们的选择,不一定就是最好的,但一定是最甘愿的,所以非常的安心。尊重他们的选择,时时关注和帮助他们的生活,是我们这些做儿女的应该去做的事情。

2013 年 04 月

那些忘不了的

她的命运和这个国家一起起起伏伏,到了上世纪70年代,境遇才渐渐好了起来。一点点、一步步,她始终在努力、始终在争取,为了丈夫,为了孩子,为了她那支离破碎的家。

总是觉得自己应该写点什么,因为我的心里堵得满满的;总是感觉自己应该做些什么,因为我总感觉我做得还不够。可是我现在只能做这么多,我想,要么还是写吧,想到什么就写什么,能写多少就写多少,写给我那一生坎坷、昨天晚上才刚刚离去的姨妈,告诉她,有很多东西,一直在我心里,不会忘记。

我管她叫做"二姨娘",因为在姐妹中,母亲老大,她行二。她们的父亲,是一名教书匠,即便是做官,也是学校校长、教育局局长,但是在那样一个动乱的年代,她们是过不上几天安逸的生活的,一个新时代开始的时候,她们本分善良的父亲和母亲却因为惶恐和疾病,匆匆撒手而去,那时候,她还不到20岁。

记忆中,二姨娘是开朗活泼的。大了以后,才知道,其实她一直过得很艰难。因为一些今天看起来荒唐可笑的理由,姨夫被强行带走后,她独自带着一女一儿,开始了一种凄惶的生活,在乡间在山里,她一个弱女子,要担负的实在是太多太多,尤其在有了我的表弟后,她要撑起的,她要忍受的,便愈发地多了起来。

有一件事情印象很深。应该是上世纪60年代末的一天,二姨娘从山里回到合肥,晚上住在我家里,和我们兄弟挤在一张大床上。记得我们刚睡下不久,有街道的人来敲门查户口,二姨娘一下子缩到被子里不敢做声,因为她害怕街道里的人把她作为盲流给带走,然后遣返回山里。那种恐惧,一直清晰地烙在我心中。

那时候,我们家也是处在坎坷困顿之中,但只要有可能,姐妹之间还是要互相拉一把的。二姨娘一直把我们家视作她的娘家,因为父母不在了,长兄又远在千里之外,除了我们家,她没有地方可去,没有人可依靠。于是我们兄弟有很多机会和她在一起,感受她的热情和爱。对于我这个最小的外甥,她更是疼爱有加。

她的命运和这个国家一起起起伏伏,到了上世纪70年代,境遇才渐渐好了起来。一点点、一步步,她始终在努力、始终在争取,为了丈夫,为了孩子,为了她那支离破碎的家。跑了多少路,吃了多少苦,遭受多少白眼,忍受多少屈辱,只有她自己清楚。但是,她坚决不放弃,坚持着,朝着她认准了的目标,无怨无悔。

她终于做到了,得到了她想得到的一切。全家团圆了,丈夫重新有了一份体面稳定的工作,并且做得有声有色;自己也回到了原来的岗位,找回了自己的专业;孩子们也全部回到了他们的身边,享受着家庭的温暖,走出自己全新的人生道路。那几年,她真是过得很好,和美、滋润的日子,阳光、充实的生活——她笑了。

她轻松愉快地奔走着、忙碌着,丝毫没有感觉到悄悄逼近的病魔。她倒下了,无声无息地瘫软了下去。偏瘫、几乎完全失语,对于争强好胜的她,打击是巨大的,对此她无法面对和接受。庆幸的是,在近18年的岁月里,姨夫一直不离不弃,耐心仔细地照料着她的一切,和她共同享受着一份宁静和温暖。

二姨娘是很爱我的,并且将这份爱一直持续到最后。我忘不了她给予我的一切,哪怕是一些点点滴滴的小事,我也很清楚地记着。让我感到欣慰的是,在她最后的岁月里,在她已经渐渐不认识许多人的时候,她依然能够认得我,并且依然认为我是她心目中长得最好看的。欣慰之余,我又感到分外的酸楚。

她走了,经过整整60天的苦苦挣扎,她终于累了、松开了手,离开了。当我第一个冲到ICU门口的时候,我对她说:我来了!当我第一个得知她离开的时候,我对她说:走好啊,走好!当我抬着她上路的时候,我对她说:不要怕,二姨娘,不要怕,有和风拂面,有鲜花相伴,有我们的祈祷和祝福,你不要怕。

2011年11月

应该是一种境界

尽管我们的孩子有着许多的差异,尽管我们的孩子生长在这个国家的各个不同地方,他们接受的却是同一个模式的教育,他们经过的是一样的成长路线,他们的个性被极大地压抑,他们遭遇的是整齐划一的"格式化",适合他们的是什么,很少有人去考虑,哪怕在高考的时候也是如此。

雷人故事一箩筐

5个不满20岁的毛头小伙子,因为整天泡网吧、KTV,手头十分拮据,想到抢劫,并在公厕里用2个小时议定抢劫方案——对公园里的情侣下手,同时还准备了统一的制服。

某日晚上,他们按计划动手,先准备抢劫一辆黑色轿车,几个人冲到车前才发现忘了带作案工具,不敢抢。在垃圾站附近找到木棍回来,车早开走了。

他们不甘心,遇到一对小情侣,就要上去抢劫,结果对方正在亲嘴,根本顾不上理他们,几人问老大怎么办,老大也觉得尴尬,说再等等。十分钟过去了对方还在亲嘴,他们等不及了,朝两人大喊一声:"你们到底好了没有!"

——2010年1月10日《安徽市场报》11版
《小情侣亲嘴达十分钟,抢匪怒吼:"你们到底好了没有!"》

"你们到底好了没有!"这句话应该成为2009年最雷人的话之一,因为它是几个抢劫的对一对正在热吻的小情人说的,在此之前他们已经等了整整10分钟。看上去似乎有些像活报剧,却是真实发生的,让你在感到滑稽可笑的同时,也体味着生活带给你的一种另类的感觉,有点酸、有点辣、有点难以言说的苦涩。

我的本意是不想在新年的第一天搞得那么正式,于是找一个轻松的话题——搜罗几件雷人的事情,让大伙儿乐乐。其中最可乐的,就是这则。但笑过之后,估计大家会和我一样,感觉心里并不是很轻松。虽然报纸上将那几个浑小子称作"抢匪",但在我看来,他们更像是一群又蠢又笨的熊孩子,糊涂而盲目,让人恨不起来。

这几个浑小子尽管还很嫩,但一出手就抢得4300元钱,这肯定让他们惊喜一阵子,同时也让他们罪加一等。幸运的是,他们"很不幸地""分完钱后在打车去网吧的路上,就被民警抓获了",不然,他们还不知道要在这条危险的道上走上多久。我不知道许多年以后,如果他们再回想起这件事,会是沮丧呢,还是庆幸。

同样雷人的事情还有几件。其一是湖南的两个二十来岁的小伙子为了快速赚钱,决定贩卖毒品。谁知凑了钱进了货(毒品)回到长沙,竟然把货丢到出租车上了,于是花钱去电视台播寻物启事,结果自然是"自投罗网"。其二只要看标题,就知道个大概:"豆腐墙"碰到"无影脚"——小偷踢穿写字楼墙壁,3天2次入室行窃。

2010年01月10日

一个幽灵游荡着

　　权钱铺路,豪华别墅群一路违规推进,大理"情人湖"在密集的豪华别墅群"合围"中,永久地消失了。记者从云南省纪委获悉,已查实广泛受到社会关注的"洱海天域"房地产开发项目,从一开始就存在官商勾结、行贿受贿等违纪违法问题。其中,大理市原市委副书记、市长段力收受贿赂和礼金 400 余万元;大理州原州长助理郭宏峻收受一套价格 100 多万元的房子、价值港币数万元的欧米茄手表两块;大理市原副市长方元收受贿赂和礼金 40 余万元……

　　目前,段力已被开除党籍、开除公职,郭宏峻、段力、方元等 6 人已移送司法机关处理。

——2010 年 6 月 6 日《市场星报》15 版
《官商勾结毁掉大理"情人湖"》

　　我有一种很强烈的感觉:在如今的官场里,似乎有一个幽灵在游荡着,它试图将所有的人都纳入到一个怪圈里。这个怪圈就是:由于各种各样的原因升迁→更高、更重要、更有权力的位置→贪污、腐败、生活奢靡→被举报、发现→被审查、双开、移送司法部门处理→成为阶下囚。就好像电脑病毒，在不停地复制着。

  不是危言耸听，一个又一个位置显赫、令人仰视的官员陷入了这个怪圈，似乎昨天还是在台上神气威风的高官显要，转眼之间便像泄了气的皮球，成了阶下囚，确实有些不适应。尽管这几年见得不算少，但每每见到、听到，还是忍不住暗自唏嘘叹息，不应该啊，怎么会是这样？

  我的想法似乎是有些迂，内心也明白一切事情都不是孤立偶然的，一些人的倒下，于他们个人及家庭，是悲剧和厄运，但对于社会和大众来说，却是一件值得庆幸的事情。或许是半途上的变异，也许是先天就存在着缺陷，也许原本就是彻头彻尾地在伪装，无论如何，无论代价是多么大，发现并且清除之，都是值得庆幸的。

  只是可惜了那些牺牲品，比如此次大理的"情人湖"。"保护良好的洱海造就了大理的名气，风景无限的洱海公园就坐落于洱海南岸，公园里一片垂柳成荫、轻舟荡漾的湖面，这就是镶嵌在洱海南岸的明珠——情人湖。"如今，这一切都不复存在，取而代之的，是一栋接着一栋的别墅，罪孽啊！这样的罪孽简直是不可原谅！

2010 年 06 月 06 日

堵在上班的路上

近日,由中科院可持续发展战略研究组组长、首席科学家牛文元教授牵头,组织多名专家历时1年完成的研究成果——《2010中国新型城市化报告》。发布的调查数据显示,合肥上班平均花费时间为28分钟,时长仅为北京(52分钟)的一半。

据资料显示,合肥人上班平均耗时比4年前多了10分钟。但是住在合肥的人很明显地感觉到,除了修路带来的交通短期不便之外,城市交通还是方便了不少。

——2010年6月7日《江淮晨报》A05版
《合肥上班耗时为北京一半》

"堵车",这个原本距离我们很远的问题,现在变得必须时时面对。可以毫不夸张地说,每天早晨的好心情都是被这一"堵"字弄得没了踪影。因此,当我看到报纸上有人说"合肥上班耗时为北京一半",第一感觉就是想笑——苦笑,冷笑。

北京的"堵",我不但是听过,更是亲身领教过的,太恐怖了。无怪乎有人感叹,还是一些中小城市比较宜居,但现在,

"堵"正在以极快的速度向中等城市蔓延,"宜居"城市也不再宜居了。合肥就是如此,在老城区工作和居住的市民对此的感受应该更为真切和强烈,因为我们越来越多的时间被"堵"没了。

一个城市到底应该控制在一个怎样的规模?我们到底需要怎样的城市?这些问题横在我们面前,回避不了。要么你通过研究摸索,找到答案和途径,要么你不管不顾、盲目前行,那就得付出代价。作为一个个体,我们要的是一个简单、舒适的生活,如果我们的城市满足不了,那么,不是它改变,就是我们忍受,或者,离开。

2010 年 06 月 07 日

应该是一种境界

安徽(2010年)高考作文题:

吴兴杂诗(清)阮元:"交流四水抱城斜,散作千溪遍万家。深处种菱浅种稻,不深不浅种荷花。"

这首诗蕴含的哲理,引发了你怎样的思考或者联想?请根据你的思考或联想写一篇文章。(不少于800字)。

——2010年6月8日《新安晚报》A11版
《试试作文"水"有多深》

今年的安徽高考作文题给我的第一感觉就是,不难写,不容易走题,但很难写得精彩、拿高分。各媒体不约而同地请来社会各界人士分析、试水,也印证了我的直觉。因地制宜,物尽其用,按实际情况和客观规律办事,因材施教,因人而异,和谐社会,找准自己的位置等等,似乎都可以说得过去。

但我们的孩子们似乎缺乏这样一个理性、发散思考的氛围和心境,他们是在一个太正式太严酷的高考里遭遇这样的话题,他们考虑更多的是如何把握主题和关键词,他们还要考虑是用议论文还是用散文，他们不会也不敢随心所欲地畅所欲言，他们更多的是在揣测和押宝，怎样才能最符合"标准"、不会跑题，取得高分。

尽管我们的孩子有着许多的差异，尽管我们的孩子生长在这个国家的各个不同地方，他们接受的却是同一个模式的教育，他们经过的是一样的成长路线，他们的个性被极大地压抑，他们遭遇的是整齐划一的"格式化"，适合他们的是什么，很少有人去考虑，哪怕在高考的时候也是如此。

我感觉诗人在写这首诗的时候，是基于一种赞美和欣赏，写诗的落脚点应该不是仅仅在于感叹因地制宜、物尽其用、因材施教、因人而异等，而是在"不深不浅种荷花"中感受到一股飘逸与浪漫。生活需要务实和智慧，生活也需要情趣与经营。因此，我更愿意将它理解为诗人对一种理想和境界的向往。

2010 年 06 月 08 日

暴力拆迁的背后

被打老人潘合庆,今年74岁,是纱帽街薇西轩居民。2个月前,武汉乔迁乐拆迁公司来当地协商拆迁事宜,老人觉得拆迁补偿条件不合理,便没有同意。5月11日晚7时,拆迁公司的一名男子来到潘合庆家门前,要他签署拆迁协议,遭到拒绝。该男子刚走,就有五六名手持刀棍的青年男子将老人围住,其中一人一耳光将老人扇倒在地,并拳脚相加。

5月12日早上,潘合庆的家属和几位居民代表来到汉南区土地局反映情况。随后,土地局相关领导和民警到现场调查取证。中午12时许,民警调查完刚刚离开10多分钟,九名手持刀棍的青年男子又来到街里,一路拿着砍刀乱砍,吓得居民四处躲藏。在潘家门前,歹徒向潘合庆的大儿子潘道昌左臂连砍数刀,又将二儿子潘建华的头部打伤,来不及躲藏的居民汪才明的右臂和腿部也被砍伤。行凶后,歹徒乘车扬长而去。

——2010年6月9日《市场星报》12版
《武汉暴力拆迁,凶徒一路刀砍居民》

在当今社会，暴力拆迁似乎是愈演愈烈，手段之恶劣、态度之猖狂，远远超乎我们的想象。从开始的株连亲友、断绝水电、蛮横强行，到后来的强拆"误拆"、明里挑衅、暗中动武，到现在明目张胆地雇佣流氓、打手，甚至黑社会力量，可以说为了达到目的，无所不用其极，已经到了无法无天、骇人听闻的地步。

在暴力拆迁的背后，是巨大的利益。暴力拆迁使得普通百姓利益被侵犯、剥夺，开发商的利益却在无限扩大。通过掠夺式的拆迁获取土地，再经过欺骗的手段将盖好的价格虚高的房子卖出去，开发商及其利益集团获得的是一种暴利。社会的不平不公由此日益突显，许多由于拆迁引发的公众事件也佐证了这一点。

一边是利益的失去，一边是财富的聚集。不断出现的"史上最牛的钉子户"、"以死相拼的钉子户"、"自制土炮抗强拆"等等，从另一个侧面反映出在土地开发、房屋拆迁的过程中，存在着大量性质恶劣的违法乱纪的现象。在一个个利益集团面前，个体的力量远远是处于孤立和弱势的地位，对抗的结果也是可想而知。

政府相关机构的监管缺失，应该是导致暴力拆迁事件不断出现的一个重要原因。随着一些房地产开发违法乱纪事件的曝光，一批又一批官员被牵连落马，自然也是情理之中的事情了。

2010 年 06 月 09 日

天坑意味着什么？

"天坑"屡现，难道真的是在预示地球已经到了无法负荷人类活动的程度吗？从地质学专家处了解到，其实"天坑"现象，从严格意义上来说，和泥石流、山体滑坡一样，都属于一种典型的地质灾害，从古以来便一直存在。只是由于近日发生的多起事故大多在人员稠密地区和交通干道上，才会引起如此巨大的反应，公众并无恐慌的必要。但专家同时也表示，"天坑"现象的频发，还是应当让人类有所警惕。

——2010年6月11日《合肥晚报》B6版
《天坑地球在用塌陷频发来提醒人类》

"惊现"这个词这几年使用频率颇高，有些现象的确有点"惊人"，有些却显然是故作危言。但近日频发的"天坑"，确实是有些让人惊悚，甚至担惊受怕。因为毫无征兆地地面上忽然就出现个大洞，够恐怖的。偶尔也就罢了，仅在某地也就罢了，偏偏不是，不但这里有，那里也有，不但中国有，外国也有。

浙江黄衢南高速公路江山段路面忽然坍塌，形成一个直径

8.3米、深6米的大洞；广西来宾市良江镇因塌陷形成深25米左右、波及0.4平方公里的4个大坑；南昌市一处路面突然塌陷，一辆过路的小轿车被卡在洞口，此外成都乡镇近日也出现两个"天坑"，危地马拉的"天坑"则更是深60米、直径30米。

据专家介绍，从严格意义上来说，直径要超过100米的坑洞，才能被称为"天坑"，而现在大多数案例，只不过是普通的塌陷。但即便是普通的塌陷，是否也是在预示、提醒着什么？这是我们必须关注和思考的。因为不合理的地下开采，过度抽取地下水，爆破，干旱、雨水过多等等，都有可能诱发"天坑"的产生。

对了，"诱发"！大自然中许多变化和灾害，其实都是"人祸"。我们过于密集与贪婪的开发和攫取，或许已经接近甚至超出大自然承受和"忍耐"的极限，于是它会用某种形式发出它的不满和警告。而我们要做的，不是为安抚人心而匆忙地找出所谓的原因，而是要仔细地研究，认真地反省，这才是科学、理性和负责的态度。

2010年06月11日

荒诞搞笑一村官

  6月7日,界首市交警在市区履行巡逻管控时,查获一名醉酒驾驶机动车的村官。当天下午1时许,交警大队民警发现一辆摩托车速度时快时慢,车子摇摇晃晃,驾驶人满脸红光。民警判断该驾驶人很可能是酒后驾驶,便上前拦查,让其出示驾驶证、行驶证,该驾驶员犹豫(磨蹭)半天也无法提供。民警问:"骑摩托车为什么还喝酒啊?"该驾驶员猛然来了精神:"他们请我吃饭,不喝不行,最少也有八两……"经检测,驾驶人属于严重醉酒驾驶。当民警让其在询问笔录上签字时,驾驶人却来了官瘾,把笔录当成报销单,签上"同意报"三个字,并说:"别看我不是村书记,签字照样能报销。"

——2010年6月10日《新安晚报》A11版
《酒瘾刚过官瘾来了》

  酒瘾过了,官瘾来了;感觉良好,状态极佳。眉飞色舞,口若悬河;或娇或嗔,发挥超常。老酒常喝,宴请常有;貌似为难,内心喜欢。酒后驾车,跳起街舞;请进警局,依然潇洒。精神恍惚,错看笔录;大笔一挥,同意报销。官虽不大,权力不小;签名换钱,灵验有效。拘留罚款,仍在梦中;丑名远扬,贻笑大方。

的确是有些荒诞、有些搞笑,但是却很真实。整天沉溺于吃喝宴请,而且是每喝必多,随后就会做一些很荒唐的事情,犯一些低级的错误,或许就是一些村官生活的一个侧影。可笑吗?确实很可笑;可悲吗?的确很可悲。有这样一批村官存在,我们的农村和农民处于怎样的一种生存状态,可想而知。

还有就是权力的问题,官不大权不小,大笔一挥,公家的、集体的钱就顺顺溜溜地流进了私人的腰包,这种事情应该不在少数。许多人之所以跑官买官,老百姓之所以怨官恨官,和这些现象的普遍性有着很大的关系。哪怕再基层的组织再小的官,如果缺少了监督,都会产生一批有恃无恐、为所欲为的贪污、腐败分子。

网络上有一个名为"九个一"的段子,说的也是这些贪腐的官员,很是形象到位:"一请就到,一喝就高,一捧就骄,一求就敲,一给就捞,一脱就要,一累就叫,一批就跳,一查就倒。"听听这位村官的酒后真言,还真是可以对应出几条来,其他的虽然不可能完全吻合,但通过合理的猜测和想象,估计也是八九不离十。

2010年06月10日

这也是一个梦想

随着以低能量、低消耗、低开支为内涵的低碳生活成为社会倡导的生活方式,低碳住宅也逐渐走入人们的视野,住宅装饰装修工程的节能和环保已经成为千家万户关注的问题。

全装房是为了满足我国现代化住宅产业的发展需要而提出的全新的住宅装修模式,其基本含义是,房地产开发商将住宅交付消费者使用前,套内所有功能空间的固定面和管线全部铺装粉刷完成,住宅的水、电、厨房、卫生间等基本硬件配套设施完备。

——2010年6月12日《市场星报》C5版
《全装房让生活更环保》

就我而言,对于装修的顾虑乃至恐惧,有时似乎甚至超过购买房屋时的价位。这是一个很奇怪的现象,因为它能够说明的,并不是我有多少钞票,而是对于购房的问题我会有一个基本的判断,明白自己该怎样面对怎样做出决定;对于装修,则根本没有概念,不知道该如何面对和处置。我相信如我一般的人，不在少数。

对于许多人来说，装修就是遭罪——身体上的辛劳与精神上的折磨。蓦然进入一个自己完全陌生的行业，与一些平素根本接触很少的材料打交道，凭着感觉去"蒙"，与此同时还要时时提防着各个环节的工人在技术和钞票上的可能的糊弄与欺诈，最后还可能是劳民伤财之后的一大堆的懊恼与后悔，真是怎一个苦字了得。

但是如果交给我的是一套"全装房"，我估计自己在短暂的兴奋与欣慰之后，还是会有一大堆的不放心与不踏实：材料是否过关、环保，技术是否合格、到位，便利与否，安全与否，等等。再就是风格、色彩等，还是不能放心。说白了，就是，要有一个标准和个性化需求同时得到满足的体系。

将一些不熟悉的事情交给专业人士去做，做一些自己会做的事情，应该是这个社会理想的状态。更何况从节能的角度来看，"全装房"无论是对于人力还是财力来说，都是低碳的。免去了许多惶恐，免去了许多劳累，免去了许多浪费，免去了许多烦恼，轻轻松松，拎包入住，对于许多人来说，这也是一个梦想啊。

2010年06月12日

无良也是一种病

有些人是天生的演员,他们能够充分利用社会角色,谋取自己的私利。在他们身上有着天使与魔鬼的双重特质,当你几乎被他们的外表迷惑,几乎被他们的谎言操纵时,请千万保持清醒的头脑,因为他们可能就是一群可怕的——毫无良知的人,也就是"反社会人格者"。

无良者并不会生就一副罪犯的狰狞面目,让人能轻易辨识、加以提防;相反,这些人自小开始隐藏内心深处想控制他人和不认输的真实性格,并且对外展现出迷人的个人形象,因此,一般大众往往臣服在这些人热情、复杂和性感的魅力之下,最后却被弄得遍体鳞伤。

——2010年6月13日《新民晚报》B6版
《小心,无良是一种病》

没有多少良心或者完全没有良心的人,也许就是"反社会人格障碍"者,而据目前的研究认为,具有这种无法矫正的性格缺陷的人,大约占人类总数的4%,也就是说,25个人当中就有一个。这是一个庞大而可怕的比例,一想到为数不少的他们就生活在自己的身边,心中就会有一种很复杂的感觉。

"良心是个无所不知的严师,它为我们的行动定下规则,如果我们违反规则,良心就会施以情感惩罚。我们从来都没有要求谁给我们良心——良心自然地存在着,就像皮肤或者心脏一样,时时刻刻地存在着。"这句话的意思有点"人之初,性本善"的意味,而无良者则又似乎是与生俱来地"拥有无罪感",这就有些悖论。

我一直想不明白,为什么有些人会做出那么多让我们不屑、不齿和难以想象的事,现在一句"拥有无罪感"让我明白了,或许我们生来就是不一样的。从某种角度来说,无良者是病人,一群患上难以治愈的"反社会人格障碍"的病人,对于他们,我们要做的,就是提高我们的警惕。

我们一方面要提高我们的警惕,另一方面要继续无悔地选择做"有良"的人,因为"无良"是一种病,尽管我们在生活中会失去一些东西、受到一些伤害,但我们还是正常的人。我们庆幸自己没有染上难以治愈的"反社会人格障碍",同时我们还要警醒自己,以防自己在不知不觉中滑向无良——那真是一种可怕的堕落和毁灭。

2010 年 06 月 13 日

当漫画不再犀利

95岁的漫画大师华君武昨天在京病逝。他曾对本报资深编辑、漫画家天呈说,对漫画要"从一而终",现在,他把这样一生执著对待的艺术永远留在身后了……

当天呈听到从北京传来的这一消息时,哽咽了:"去年5月26日,丁聪去世,现在我们又失去一位漫画大师……"

天呈说他第一次见华君武是在1982年,那天华君武对他说的那句话让他无法忘记——"对漫画要从一而终"。在天呈看来,华君武的一生里最重要的就是他的漫画了。有人说华罗庚开会时在桌子底下运算数学题,这样的"神游"也常会出现在华君武身上,熟悉他的人都知道,开会聊天只要他一出神,脑子里定是另一片漫画天地。华老说,不画漫画是精神上的痛苦。

——2010年6月14日《文汇报》
《华君武:嬉笑怒骂皆漫画》

华君武的名字淡出公众的视线似乎已经很久了,不过,记忆中华君武老先生的漫画还是很有个性和特色的,寥寥几笔,看似随意,实际上胜过许多语言,具有很独特的思想性和一针见血的效果,让人感到痛快淋漓之余,常常又会忍俊不禁。时至今日,再看华老的漫画,依然可以回味起当时,依然赞叹叫好。

记得上世纪七八十年代的时候,有一份叫《讽刺与幽默》的报纸十分抢手。那个年代里大众的心理感受比较一致,是那种被压抑很久后的释放,讽刺漫画可算是应运而生,每一次的亮相都会获得喝彩一片,华老自然是其中的领军人物,且佳作频出。但似乎在不经意间,漫画渐渐丧失了讽刺的功能,只剩下所谓的"幽默"了。

有人评价华君武的作品能够紧扣时代,许多作品因此产生了很大的影响。但也是因为这些,让他做了不少日后后悔不已的事。据说,华老在其人生的最后30年里,除了画画,还做了一件自认为很重要的事:道歉。为他在50年代画了不少错误的、浮夸的画,"落井下石"地伤害了不少人而道歉。

在我看来,漫画和相声有很多相似的地方,都是"用笑来战斗的"。华君武曾说过:"漫画的生命力和价值在于讽刺。就像医生所关注的是人的生死病痛一样,漫画家关注的是社会病。"如今,当相声只有谐谑、漫画不再犀利的时候,真的是:漫画这个武器放在仓库里无人理睬,用漫画讽刺社会的年代,已经很远了。

2010 年 06 月 14 日

善待我们的城市

如何处理好保护与开发的关系,如何让历史遗存在城市化发展中焕发生命力?是每一个城市发展面临的问题。

6月12日—13日,上海世博会第二场主题论坛在苏州举行。中外专家以"城市更新与文化传承"为主题,多方面阐述文化遗产保护与传承的重要性与紧迫性,解读城市发展中文化建设的五个误区。

古建筑迁移重建不是保护

保留原貌并不意味一成不变

旧城改造不可一蹴而就

历史古城不是活的博物馆

多元文化不是文化平均划一

——2010年6月15日《新民晚报》A2版
《城市文化发展须走出"五个误区"》

近些年大规模的城市建设发展中,出现了太多无知、荒唐和不负责任的事情,"一些地方热衷于大修仿古建筑、打造历史景观、迁移文化遗产,搞假古董"。针对这些现象,专家的评价是:"以保护为名,建设假古董,是对历史的侮辱",其背后"有经济利益驱动,是一种文化短视"。我感觉,有时甚至是"文化犯罪"。

有几个观点值得我们注意,联合国教科文组织的专家认为保护文化遗产的重中之重就是维持其真实性、完整性,这也是联合国《世界遗产公约》的核心精神。中国专家认为:"失去创新能力的城市没有生命力,而无力延续历史的城市也不可能具有真正的创新能力。"作家王蒙则呼吁:"城市改造,慢一点,再慢一点。"

是啊,慢一点,再慢一点,因为我们的城市在近似疯狂的改造建设中,渐渐失去了历史与个性,变得越来越像了,走在一条条大街上,你甚至分辨不出自己身在何处。这真是一个城市乃至整个国家和民族的悲哀。所谓的发展和进步,难道一定要以牺牲城市的特色和风貌为代价吗?显然不是,是我们的心态出了问题。

真是要善待我们的城市,它们经历了几百年甚至几千年的风风雨雨,能够走到今天,很不容易。如果它们在我们这一代的手中消失或者走样了,我们对不起祖先,也对不起后代。当我们把一座座崭新的、毫无个性的钢筋混凝土的组合体交给下

一代的时候,是否会意识到,本该属于他们的许多东西,都被我们给葬送了。

2010 年 06 月 15 日

满眼都是不作为

在无意中发现12岁女儿枕下的《女生保镖》一书,看到里面大段的性描写时,母亲感到震惊,带着女儿找到租书屋,在产生争执后,她一怒之下砸破了租书屋的玻璃门。

在这位母亲的博客上,详细讲述了其报案扫黄的经过,文中直指当地警方不作为,并称自己受到来自多方的精神压力。为讨要说法,她在派出所里,吞服了药物,试图用生命做抗争。

——2010年6月17日《安徽市场报》06版
《为维权,"扫黄妈妈"用生命抗争》

那天晚间,我和朋友一边散步一边闲聊,路遇卖盗版书的三轮车书摊,不禁议论一番,朋友更是感慨不已,叹息道:"满眼都是不作为。"如今想来,的确是有道理,如果我们的文化部门真正负起责任,怎么会有满大街的公然贩卖非法、劣质出版物的书店和书摊,以及引发"扫黄妈妈"怒火的租书屋。

"不作为"的后果是一些人渔翁得利,另一些人遭受伤害。垃圾遍地,是环卫工人的失职,更是管理者的不作为;小区偷盗事件频发,是保安的失职,更是物业的不作为;满街各种巧立名目的广告牌,是行业利益的驱使,更是城管部门的不作为;食品安全事件迭出,是制造者道德沦丧,更是相关监管部门的不作为。

不作为者拿着一份不错的工资,过着一种优哉游哉的生活,自然是多一事不如少一事。那么肯定有人会问,那些不作为者何以做到既不作为又平安无事呢?我想应该是机制和监管方面出了问题,如果有法规条例规范着,有一种多方位的监督体系,一级负责一级,明晰高效,奖惩分明,还有谁还能够如此不作为?

"扫黄妈妈"的出现,是一种悲剧,它反映出一种现实,一种已经让公众见怪不怪、熟视无睹的严酷现实。如果能够引起社会各界的关注,引起有关部门的重视,是最好不过的结果。不然,单枪匹马地去拼去闯,不会有什么实质性意义。如果再控制不了情绪和心态,把自己的理性和健康都搭进去了,那就更是一种悲剧了。

2010 年 06 月 17 日

"邻里相望"不见了

  合肥"教师新村碎尸案"留给人们很多沉思,其中之一就是,方一作案时动静很大,很多邻居也听到了不太正常的动静,但是无人出来过问或报警。"邻里相望"这一传统的中国风俗,在现在的都市生活里,难道遗失了吗?

——2010年6月18日《合肥晚报》A8—9版
《当年的"邻里相望"还在吗?》

  "邻里相望"曾经是一种很普遍的现象,有着很浓的人情味与世俗烟火味。左邻右舍之间有很多的交流,彼此知根知底;邻里之间有很少的秘密,遇事相互关照。但随着一间间平房的拆毁与一座座楼房的崛起,越来越多的人住进了高楼,封闭的格局及有限的近邻把一个个家庭孤立起来,人与人之间的距离被一下子拉得很远。

  "现在大家都把自己'包裹'得严严实实,哎,以前的那种邻里街坊情现在再也找不到了啊,互不帮忙也就算了,邻里之间竟然还动起刀子了,哎,真让人伤心啊。"一位大爷的叹息说出

了许多人的心声,那深深的叹息中透着无以言状的失落和无奈,物质上的进步与精神上的割裂、丧失,让人的心态变得很复杂。

有一种外走廊式的楼房,我曾在这种房子里住过许多年,非常了解那种看上去很凌乱嘈杂,实际上充满人情味、安全感的氛围。在那里,邻里之间有许多见面交流的机会,各自的社会身份被降到可以忽略的地步,大家都是邻居,太过招摇与感觉太好都不会有人买你的账,一旦你需要帮助的时候,一定会有人站出来的。

当一种事物在逐步减少直至彻底消失的时候,你如果记住的是它的负面,或者根本就没有感受过,那么你也许没有什么感觉;如果你深知它的价值,体味过它的宽容温厚,那么你会从心底里感到惋惜和不舍,"邻里相望"就是这样。如今,当我住进这种封闭式的楼房的时候,这种感觉便更加强烈与真切。

2010 年 06 月 18 日

荒诞的腐败理由

"翻手为云覆手雨,纷纷轻薄何须数。"大凡贪官都是翻云覆雨、势力轻薄的小人,他们颠倒是非、混淆黑白,把方的能说成圆的,把臭的能说成香的,把丑的能说成美的,连腐败都能找出"充足理由",以至闹出许多政治笑话,让人既感滑稽荒诞,又感可恨可恶。下面列举贪官们15个雷人的腐败理由,看贪官咋给自己进行"无罪辩护"。

——2010年6月19日《市场星报》16版
《贪官色官的15个腐败理由》

15个腐败理由超出我们正常的思维,让你不得不服,真是早就知道有人很无耻,但没有想到会无耻到如此地步。那种拙劣的煽情、可笑的"天真"、离奇的"无知"、超常的"直白",着实让人大开眼界,果真是"天下之大,无奇不有"。有此机会看贪官们另一副嘴脸,听他们另一番"高论",也可以算做是一种享受吧。

"权有多大,利就有多大。"福建的这位县委书记的腐败理

由真是很"直白"。"我不贪污,当官干啥?"陕西吕梁村那个支书的确是很"牛"。"不能当领导,当领导身不由己。"郑州某位物资公司的经理当真这么"无奈"?湖南常德的副书记确实是很"可爱",他捞钱的原因是看到别人都在弄钱,"感到孤独"。

能说出"有许多女人喜欢我,我也没办法"的重庆三院院长,绝对是"最无耻";能说出"皇帝还有三宫六院,我有三两个相好算什么?"的湖北天门市委书记张二江,绝对是"最低俗";因为用贪污款付了女儿的留学费用,就说自己是"为了给国家培养人才",北工大某实验室负责人的腐败理由果真是很"动听"。

还有很多的"理由",还会有更多的"理由",只要有贪污腐败现象存在,就会有贪官被揭露关押,然后,形形色色的贪腐理由又会"横空出世",让你在忍俊不禁的同时,不得不思考:这样的人怎么可以坐到这么重要的位置,中饱私囊、危害一方。我们此刻这轻松一笑的代价,着实是太大了。

2010 年 06 月 19 日

好好做一回自己

著名演员樊志起去世。樊志起曾在多部著名影视剧中担任角色,最近热播的《内线》《杨贵妃秘史》中,他都出演了角色。尤小刚导演说:"他是因为癌症去世,今年4月。我5月份听到的消息。他当时去横店拍戏,中途好像不适,走得很急。"(尤小刚说樊志起是)"很好的演员,很可惜。"

——2010年10月10日《安徽商报》09版

一个人,刚刚知道他叫什么名字,他却已经不在这个世界上了。心中的感觉怪怪的,谈不上很难过,但是确实不舒服,一个人就这么没有了,消失了,不能不让人陡生伤感。人生的无常,人生的无奈,此刻都涌上了心头。或许是一种诱发,或者是一种警醒,让我陷入一种发虚的状态。

他多大了,不知道,应该是50岁左右了吧,没有去查证,因为他的年岁已经定格。至于他是做什么的,我是清楚的,一位演员,一位谈不上很火,也谈不上特别帅的男演员。但是,他有一种特别的气质,有一种特有的魅力,属于演技派,是那种见了

就不会忘记的、带着淡淡忧郁的演员。

"癌症","走得很急",其余的我们可以想象,拍戏的路上,突然感觉不适,然后,一切都改变了,改变得让他措手不及,无能为力,最终撒手离去。人的一生,有许多种活法,许多种轨迹,但终点是一样的,如果他是高寿善终,大家会觉得容易接受一些,英年早逝,难免会让人惋惜、伤感,思绪万千。

其实,有的时候,我们是为自己伤感,为不能掌握的人生伤感,我们不知道未来是什么情况,我们不知道自己以后会怎么样,这种不踏实、不确定更多源自我们的不自信。就是这样,在我们还没办法掌控命运的时候,就好好地做一回自己吧,忧愁、迷茫、消极,都放到一边,专心致志地做自己吧。

2010 年 10 月 10 日

用脚弹出的琴声

  昨晚11时,《中国达人秀》总决赛如期在上海8万人体育场举行。在最后一轮精彩的才艺展示后,首届《中国达人秀》前三名终于在亿万观众的见证下诞生——无臂钢琴师刘伟荣膺冠军。……刘伟又一次在达人舞台说出了他个人的标志性语句:"至少我还有一双完美的腿。"

——2010年10月11日《新安晚报》A16版
《"中国达人秀"总决赛昨晚落幕》

  一个青年,一个没有了双臂的青年,在一场规模很大的选秀节目中走到了最后,夺得了冠军。而让全场数万人为之感动的,不是他的遭遇和现状,而是他竟然能够用一双常人用来走路的脚,在钢琴上弹出悦耳的琴声,他竟然还拥有一副充满沧桑、略显沙哑的好嗓子。出乎意料、不可思议之外,的确是有些震撼。

  这位名叫刘伟的青年,外表看上去有些腼腆、单薄、文质彬彬,但我敢肯定他的内心一定是倔强与强大的,因为他经历了大多数人没有经历过的苦难,但他做到了常人做不到的事情,将个体的潜力充分释放,将人性的光辉充分地展现,在似乎注定是悲剧的命运中,他以非凡的能力,成功实现人生的一次大逆转。

"达人"应该不属于一个新词汇,但当下却是十分流行。"达人"实际上就是各行各业不同凡响的人,作为首届"中国达人秀"的冠军,刘伟的确是众望所归。他将"达人"一词丰富、升华到一个更高的境界。因为,我们需要的不是一般意义上的优秀,而是似乎不可企及的出类拔萃。

我以前是从来不看时下流行的各种选秀节目的,但却完整地看了一回"中国达人秀"总决赛,或许是因为其中有一些未知的东西在引领着我们,或许是因为有刘伟这样的一群人的存在,或许它正契合着我内心近期的一些思考,关于人生,关于事业,关于成功,关于应该拥有一个怎样的人生。

2010年10月11日

后　记

《就这么简单》是我第一本真正意义上的杂感随笔集,写作时间从 2006 年到今年,一共 8 年。

早期的文字因为放在哪本集子里都有些别扭,便余了下来。"余"在合肥话里既有"剩"的意思,也有"攒"的意思,总体偏"攒"义。这些年来,我把这些余下来的长长短短的文字一篇一篇地攒了起来,成了这本《就这么简单》。

一些文字,是自己思考的结果,有时候,在想明白一个问题或者一件事情后,我就把它们记录下来;一些文字,属于心情笔记,有失落,有感慨,也有一些所谓的正能量;还有一些文字,有些像情景剧,表达的还是自己的判断和见解。

乡土方言方面的文字分为两个部分,一部分是亲情,一部分是分门别类的合肥小讲。分开来看,60 多则合肥小讲各有各的意味,把它们按照一定的主题合在一起,则又多了一些让人印象深刻的东西。

要感谢博客和微博,因为有了它们,我的一些碎片时间和思绪才得以利用和保存下来,尽管这些"碎片"有它们的局限和不足,但相比起两手空空,多少是个安慰。

的确,生活过于凌乱和浮躁了,很多时候,看似忙忙碌碌,实际上是虚度了光阴。

感谢许辉老师的勉励,感谢安徽教育出版社诸位老师朋友的帮助,感谢我的家人和朋友们的期待和支持,感谢看完这本书的每一位读者。因为你们,我会继续努力。

刘政屏
2014 年 03 月